www.ingramcontent.com/pod-product-compliance
Lightning Source LLC
LaVergne TN
LVHW010837051026
849532LV00007B/2736
* 9 7 8 9 3 6 9 0 8 9 2 8 4 *

باجے والا

(افسانے)

غلام عباس

© Ghulam Abbas
Bombay wala *(Short Stories)*
by: Ghulam Abbas
Edition: March '2025
Publisher :
Taemeer Publications LLC (Michigan, USA / Hyderabad, India)

ISBN 978-93-6908-928-4

کتاب	:	**بامبے والا** (افسانے)
مصنف	:	**غلام عباس**
صنف	:	فکشن
ناشر	:	تعمیر پبلی کیشنز (حیدرآباد، انڈیا)
سالِ اشاعت	:	۲۰۲۵ء
صفحات	:	۹۶
سرورق ڈیزائن	:	تعمیر ویب ڈیزائن

فہرست

تمہید

چند برس ہوئے ایک کہانی شائع ہوئی "آنندی" جس نے عباس کے لئے یکایک اردو کے بڑے افسانہ نگاروں میں جگہ پیدا کر دی۔ اس افسانے نے پڑھنے والوں کے دل میں کئی سوال ازسرِ نو اجاگر کر دیئے۔ کیا خیر و شر کا کوئی مجرد وجود ہے یا یہ دونوں محض اضافی اقدار ہیں؟ کیا خیر کا نتیجہ ہمیشہ خیر ہی ہوتا ہے یا خیر کرنے والے اکثر بزرگ اپنی تمام نیک نیتی کے باوجود بے سمجھے بوجھے شر کا اِرتکاب کر بیٹھتے ہیں؟ کیا ہماری تمام تہذیبی ترقی کا تانا بانا وہ عورت تو نہیں جو حقیر مزد کے بدلے ہماری ناگفتہ بہ خواہشات کی تسکین بہم پہنچاتی ہے؟

اس کہانی میں غلام عباس نے اس عورت کے گرداگرد جس طرح

ایک شہر، ایک پورے شہر کی تعمیر منزل بمنزل دکھائی تھی۔ وہ ایک طرف تو پوری تہذیبی ترقی کی تمثیل تھی۔ دوسری طرف اخلاق کے ان نیک دل اور نیک نیت نگہبانوں پر ایک خندہ تضحیک تھا، جو ہر تجربے کے باوجود یہ سمجھتے ہیں، کہ گناہ کو اگر شہر بدر یا انسان بدر کر دیا جائے تو ہمیشہ کے لئے روپوش ہو جاتا ہے، اور پھر کبھی سر نہیں اٹھاتا۔ جو یہ سمجھتے ہیں، کہ قانون کے ایک ہی تازیانے سے ہر بدی کو ہمیشہ کی نیند سلایا جا سکتا ہے۔

یوں تو قحباؤں اور ان کی زندگی پر ہزاروں افسانے اور مقالے لکھے جا چکے ہیں، جن میں کہیں قحبہ کے وجود کو انسانی تہذیب کے دامن کا داغ بتایا گیا ہے، کہیں اس کے وجود کا جواز پیش کیا گیا ہے، اور کہیں اس کو قابلِ رحم اور مجبور ہستی جان کر درگزر کر دیا گیا ہے لیکن عباس کی یہ کہانی کسی ایسے نقطۂ نظر کی حامل نہ تھی۔ اس کی کئی کہانیوں میں قحبہ یا اغوا شدہ عورتیں یا مرد کے سامنے بے بس عورتیں آتی ہیں، لیکن کہیں بھی اس کا مقصد ان کی زندگی کا مطالعہ کرنا یا اس پر نیم اخلاقی نیم فلسفیانہ نقطۂ نظر سے خیال آرائی کرنا نہیں۔ بلکہ وہ ان کو محض بہانہ بنا کر مردِ ازلی طور پر خوش فہم مرد کی ہستی کے تضاد اور اس کی ذہنی ثنویت کا خاکہ اڑاتا ہے۔

یہ اس کی کئی کہانیوں کا پسندیدہ موضوع ہے، کہ انسان اکثر ایسے عقائد اور خیالات سے وابستہ رہتا ہے جن کا جواز اسے خود بھی بیشتر نظر

نہیں آتا۔ ان عقائد اور خیالات کے باوجود اور ان ظاہری اعمال کے باوجود جو ان عقائد کی بنا پر انسان سے سرزد ہوتے ہیں؛ انسان کے دل میں طرح طرح کی منضبط آرزوئیں لرزتی رہتی ہیں جو معاشرت اور ارد گرد کے دوسرے انسانوں کے بنائے ہوئے بندھنوں کی وجہ سے کھل کر ظاہر نہیں ہوتیں، محض چھپ چھپ کر دیکھتی رہتی ہیں۔ اور اس سے کبھی دانستہ اور کبھی بلے ارادہ وہ کام کرانی ہیں جو اس کے ظاہری عقائد سے ہم آہنگ نہیں ہوتا۔

غلام عباس ہمارے بہت سے جانے بوجھے افسانہ نگاروں سے بے حد مختلف ہے۔ اس کا فن نرم رو اور شبک سَیر ہے۔ وہ منٹو کی طرح زندگی کے بخیئے نہیں ادھیڑتا، وہ عسکری کی طرح کم عمری میں بالغ ہو جانے والے بچّے کی طرح چھپے روزنوں میں سے زندگی کو نیم برہنہ نہیں دیکھتا۔ وہ عزیز احمد کی طرح ناکام مصلح بن کر کسی فاسد اَنا کی تسکین بھی نہیں کرتا۔

غلام عباس محض چھوٹے آدمی کا داستان گو ہے، اسے کبھی وہ شہر کے کسی دُور افتادہ محلے میں جا ڈھونڈتا ہے اور کبھی کسی گاؤں سے جا نکالتا ہے۔ سب سے پہلے اس کے گرد و پیش کی تصویر کھینچتا ہے، کیونکہ اس کے لئے یہ تصوّر کرنا بھی ممکن نہیں کہ کوئی انسان ماحول سے الگ تھلگ اپنے اندر ہی زندگی بسر کر رہا ہو۔ اس کا کوئی کردار اپنے آپ میں سرمست نہیں، بلکہ اپنے ماحول کا لازمی جُز ہے، پھر وہ ہمیں اس کے ظاہری حُلیے لباس اور حرکات و سکنات سے پُوری تفصیل کے ساتھ آگاہ کرتا ہے، تاکہ اس کی معاشرتی حیثیت ہمارے ذہن نشین ہو جائے۔ اس کے

بعد کہانی میں اس کے عمل اور گفتگو سے اس کے تمام خد وخال کی ایسی واضح تصویر ہمارے سامنے آنے لگتی ہے کہ اس کا ایک ایک پہلو ہم پر روشن اور اجاگر ہو جاتا ہے، غلام عباس نے اپنی کہانیوں میں شہروں کے گمنام محلّوں اور ان کے مکانوں کی نہایت دلآویز تصویریں پیش کی ہیں، جو اس کے کرداروں کے لئے عقبی پردے کا کام دیتی ہیں۔

پھر اس کے اکثر کرداروں کے وجود میں ایک عجیب وغریب ثنویت یا دُہرا پن ہے، ان کا ایک چہرہ اکثر دکھاوے کے لئے ہوتا ہے جس کی حیثیت گویا خطیب کی چرب زبانی کی ہے، جس سے وہ لوگوں کے دِل موہنے کی کوشش کرتا ہے۔ دوسرا چہرہ ان کے دل کا آئینہ ہوتا ہے دل کی ان چھپی ہوئی خواہشات کا آئینہ جو ہر بندھن سے آزاد رہنا چاہتی ہیں۔ عباس کے کرداروں کی یہی ثنویت کبھی اخلاق کی پابندی، اور اخلاق کی آزادی کی کشمکش بن جاتی ہے، اور کبھی جدید وقدیم کے ٹکراؤ کی صورت میں ظاہر ہوتی ہے، تاہم اس کے کردار دھوکا نہیں کرتے دیانت داری سے "گناہ" کے مرتکب ہوتے ہیں، اور محض اپنی ازلی انسانی مجبوریوں کی وجہ سے! ان کی بظاہر بے حیائی میں بھی اکثر ان کی زندہ دلی بدستور قائم رہتی ہے، جیسے "سرخ جلوس" کے ریاض میں یا ڈائری والے مکرجی میں۔

اس ثنویت کی بنا پر ہمیں غلام عباس کی اکثر کہانیوں میں ایسے

دو دو کردار نظر آتے ہیں، جو بڑی حد تک ایک دوسرے کے متوازی چلتے ہیں، اس حد تک متوازی بھی نہیں کہ کبھی ایک دوسرے کا راستہ تک نہ کاٹیں، لیکن دونوں کرداریوں ساتھ ساتھ آویزاں ہوتے ہیں، جیسے ترازو کے دو پلڑوں میں رکھ دیئے گئے ہوں، مثلاً "بردہ فروش" کے دو بڈھے۔ "اس کی بیوی" میں نجمی اور نسرین۔ "سایہ" کی شمشاد اور مختار۔ اور "بھنور" کی بہار اور گل۔ "غازی مرد" میں چراغ بی بی اور رحمتے یا چراغ بی بی اور گلنار۔ "مکرجی بابو کی ڈائری" میں تو کئی لڑکیاں ایک ہی تار سے لٹک رہی ہیں۔ یہاں ثنویت کلیت میں تبدیل ہو جاتی ہے۔ "ایک دردمند دل" میں یہ ثنویت دو مشاغل، یعنی علم و فنون کی کشمکش کی صورت میں اور "دو تماشے" میں ایک ہی آدمی کے دوگانہ رویے میں ظاہر ہوتی ہے۔ اس کے برعکس "تنکے کا سہارا" میں حاجی صاحب اور امام نورالہدیٰ گویا ایک ہی ترازو کے دو پلڑے ہیں۔ غلام عباس اپنے کرداروں پر اپنی اس دوہری نگاہ سے ایک طرح دوہری طنز پیدا کرتا ہے، ان دونوں کو تھوڑی دور دوش بدوش چلاتا ہے، پھر الگ کر لیتا ہے پھر وہ ایک دوسرے کے ساتھ ساتھ چلنے لگتے ہیں اور اس طرح ان کی شخصیت اصلی شخصیت کا کھوکھلا پن، اس کی ظاہر داری اور اس کے نہفتہ جھوٹ کی آہستہ آہستہ پردہ دری کرتا چلا جاتا ہے۔ اس کے اکثر کردار دل میں وہ باتیں چھپاتے پھرتے ہیں، جنہیں وہ اپنے آپ پر بھی ظاہر کرنے کی جرأت نہیں رکھتے

اور اپنی اس کشمکش کے باوجود اخلاقی اعمال یا ان کی خواہش ان کے ضمیر کی گہرائیوں میں سنگِ گراں بن کر پڑی رہتی ہے۔

غلام عباس پُرامن، پُر آہنگ گھریلو زندگی کا فنکار ہے، جس میں بعض دفعہ ایسے غلط سُر بھی اُٹھنے لگتے ہیں جو اس آہنگ کو برہم کر دیتے ہیں۔ خوبصورت بستے بستے گھر موت سے اُجڑ جاتے ہیں۔ پیارے پیارے بچے ناگہاں زندگی کے گرداب میں پھنس جاتے ہیں۔ یوں معلوم ہوتا ہے جیسے عباس ان بدنصیب عورتوں کے لئے بھی پُرامن زندگی کا خواہاں رہتا ہے جو اخلاقی یا معاشرتی نقطۂ نظر سے راندی گئی ہیں، وہ نہیں چاہتا کہ کوئی ایسا شخص جو خود نفسیاتی برہمی کا شکار ہو ان کی زندگی میں کوئی ناقابلِ برداشت ہیجان پیدا کر کے چلا جائے، وہ نہیں چاہتا کہ ان کی زندگی جو معاشرت اور عالمِ انسانی کے روزمرہ کے بندھنوں سے آزاد ہو چکی ہے، پھر ان میں جکڑ دی جائے وہ اس نیکی اور اس احسان کا بھی حامی نہیں جو انسانی فریضے کی صورت میں نازل ہو اور دوسرے انسانوں کو مجبور اور مظلوم بنا کر چھوڑ دے، وہ اس کا مخالف ہے، کہ کسی انسان کی طبعی صلاحیتوں پر وہ بار ڈالا جائے جو خود ایک عظیم گناہ بن کر رہ جائے۔

یوں تو غلام عباس کے سبھی کردار زندگی کے تمام دکھوں کے ساتھ ہر قدم پر مصالحت کرنے کے عادی ہیں، اور زندگی کے دھارے کے ساتھ ساتھ بہنے ہی کو اپنے لئے راہِ نجات جانتے ہیں لیکن اس کے افسانوں کی قریب قریب سبھی عورتیں خاص طور پر مرد کی "خدمت گذار"

(چراغ بی بی) مرد کی خواہشات کے سامنے بے بس (بیوہ سیدانی) اس کے اصلی یا خیالی دُکھ درد کی داستان سُن کر گداز ہو جانے والی (نسرین) یا مرد کو ہر حالت میں خُدا کی دین سمجھنے والی (بہار) نظر آتی ہیں۔ تاہم عباس ان افسانہ نگاروں میں نہیں، جو مرد کو ہمیشہ عورت کے حق میں رہزن ثابت کرتے رہتے ہیں۔ بلکہ اس کے مردانہ کردار دل میں کچھ ہی کیوں نہ رکھتے ہوں، بظاہر اکثر عورت کے محافظ بھی ہیں۔ یوں نہیں کہ ان کی حیوانی خواہشات سرے سے دب گئی ہوں، لیکن چاہے کبھی مذہب، اور کبھی معاشرت کی آڑ لے کر وہ بے بس مجبور عورت کے نگہبان اور خیر اندیش ضرور بن جاتے ہیں، اور اس کو ہر قسم کی اذیت سے بچانے کے لئے ہر طرح کے جائز ناجائز اعمال کو روا رکھتے ہیں، وہ عورتیں خود ہر حالت میں مرد کے ساتھ نباہ کی قائل ہیں۔ اور اس سے الگ ہونا انہیں اکثر گوارا نہیں ہوتا۔ گناہ اس کے کسی کردار کا پیچھا نہیں کرتا۔ وہ سب کے سب جائز و ناجائز کو زندگی کی تفریح اور لذت کا جزو سمجھتے ہیں۔ جیسے اس کے بغیر زندگی کے کھوکھلے اور سونے ہو جانے کا ڈر ہو۔ اس کے کرداروں میں کہیں ایسے نوجوان ہیں، جن کی آرزوئیں دل کی دل میں رہ جاتی ہیں، کہیں وہ جو ایک آئینے میں دو صورتیں دیکھ کر دل بہلا لیتے ہیں، جو روتے ہیں، تو ایک عورت کے کندھے پر سر رکھ کر، اور پرستش کرتے ہیں، تو دوسری عورت کی، جن میں ایک غائب ہے اور دوسری

حاضر ہے، اور دونوں ایک دوسری میں مخلوط ہوتی چلی جاتی ہیں۔ کہیں وہ ادھیڑ عمر کے مرد ہیں، جو کسی مجبور عورت پر رحم کھا کر اس سے عقد کر لیتے ہیں، کہیں وہ جو دوسروں پر احسان کرنے کی کوشش میں دن رات ایک کر دیتے ہیں، اور پھر اس احسان کو بھلا دینا بھی انہیں گوارا نہیں ہوتا۔ وہ عمر رسیدہ لوگ ہیں، جو زندگی کی دوڑ میں نئی پود سے پیچھے رہ گئے ہیں۔ اور اس کا غصہ ایک ایسے غریب پر نکالتے ہیں، جسے وہ اپنے خیال میں فضول جدیدیت کی تمثیل سمجھتے ہیں، پھر وہ غریب لوگ ہیں، جو روایتی انداز میں امیروں کی خدمت گذاری کو اپنی پوری زندگی کا مقصد بنا لیتے ہیں۔ ایسے تعلیم یافتہ لوگ جو ان بڑھوں کی کمزوری سے ناجائز فائدہ اٹھا کر ان کے کرتا دھرتا بن جاتے ہیں۔ ایسے لوگ جنہیں بعض دفعہ چھوٹے چھوٹے لالچ دوست داری کے اصولوں سے بھی منحرف کر دیتے ہیں۔

مجھے بعض دفعہ یوں محسوس ہوتا ہے، کہ غلام عباس کے افسانوں کے ہیرو اس کے افسانوں کے لیے اتنے اہم نہیں جتنے وہ ضمنی کردار جن سے اس کے افسانوں کے اندر زندگی کا پورا میلہ صورت پکڑتا ہے، اس میلے میں طرح طرح کے لوگ آتے جاتے ہیں۔ سرکاری افسر، کلرک، فن کار کالجوں کے طلبا، اور طالبات، اخباروں کے نمائندے، نرسیں، اینگلو انڈین لڑکیاں، مزدوری پیشہ لوگ، بیمہ ایجنٹ، خوانچہ فروش، عشق میں شعر کہنے والے،

گودیوں کھلانے والے پرانے نوکر اور مامائیں، نمازی پرہیزگار، کسان وغیرہ وغیرہ۔ غلام عباس کی دنیا اس بے پناہ خلقت سے بھری پڑی ہے، انہیں میں سے وہ اپنے بڑے کرداروں کو نکالتا ہے اور انہیں کے اندر انہیں پھر سے ڈال دیتا ہے۔ انہیں کی مدد سے وہ انسانی دُنیا کی چھوٹی بڑی کوتاہیوں پر ہنستا ہے، انہیں کے اعمال سے غلام عباس اپنا یہ بنیادی تصور ہم پر واضح کرنا چاہتا ہے کہ انسان کی دُنیا میں کوئی چیز اور کوئی قدر مستقل نہیں۔ انسان ہمیشہ سے دوسرے انسان کی حیلہ سازیوں کے سامنے بے بس چلا آرہا ہے اور ان حیلہ سازیوں سے محفوظ رہنے کا بہترین طریقہ یہی ہے، کہ انسان شر کو بھی خیر کے پہلو بہ پہلو جگہ دے، تاکہ دونوں کے آہنگ سے دُنیا زیادہ خوب صورت اور زیادہ رنگین ہوتی چلی جائے۔

یہ کتاب غلام عباس کے افسانوں کا ایک مجموعہ ہے۔ جیسے پہلے مجموعہ "آنندی" میں کئی افسانے، "آنندی" "جواری" "حمام میں" "کتبہ" اُردو ادب میں لازوال مقام رکھتے ہیں۔ اسی طرح اس مجموعے کی کہانیاں "سایہ" بردہ فروش" "اُس کی بیوی" "غازی مرد" "باسے والا" یقیناً زندہ جاوید رہیں گی۔ کیونکہ اُردو ادب کے اس دَور میں جب اکثر ادیب محض جوش و خروش کے سہارے زندہ ہیں، خواہ وہ سیاسی عقائد کی حمایت یا مخالفت میں، یا جنسی نظریات کے اظہار کی صورت میں نمودار ہو

غلام عباس ہی غالباً وہ واحد افسانہ نگار ہے، جس کا فن انسانی زندگی کے رنگارنگ مسائل کو احاطہ کرتا ہے، جسے زندگی سے گہری محبت ہے، اتنی گہری محبت کہ نہ وہ اس کے بخیے اُدھیڑتا ہے، نہ اسے ننگا کرتا ہے نہ اپنی اَنا سے اسے مرعُوب کرتا ہے، بلکہ زندگی کو اپنا محرم راز جانتا ہے۔ اس سے سرگوشیاں کرتا ہے، اور اس کی سرگوشیاں سُنتا ہے۔

ن۔م۔راشد

کراچی

۲۴۔ جولائی۔ ۱۹۶۰ء

اوورکوٹ

جنوری کی ایک شام کو ایک خوش پوش نوجوان ڈیوس روڈ سے گزر کر مال روڈ پر پہنچا اور چیرنگ کراس کا رُخ کر کے خراماں خراماں پٹری پر چلنے لگا۔ یہ نوجوان اپنی تراش خراش سے خاصا فیشن ایبل معلوم ہوتا تھا لمبی لمبی قلمیں چمکتے ہوئے بال، باریک باریک مونچھیں گویا سرمے کی سلائی سے بنائی گئی ہوں بادامی رنگ کا گرم اوورکوٹ پہنے ہوئے جس کے کاج میں شربتی رنگ کے گلاب کا ادھ کھلا پھول اٹکا ہوا، سر پر سبز فیلٹ ہیٹ ایک خاص انداز سے ٹیڑھی رکھی ہوئی سفید سلک کا گلوبند گلے کے گرد لپٹا ہوا ایک ہاتھ کوٹ کی جیب میں دوسرے میں بید کی ایک چھوٹی چھڑی پکڑے ہوئے جسے کبھی کبھی وہ مزے میں آ کے گھمانے لگتا تھا۔

یہ ہفتے کی شام تھی۔ بھرپور جاڑے کا زمانہ۔ سرد اور تند ہوا کسی تیز دھات کی طرح جسم پر آ آ کے لگتی تھی۔ مگر اس نوجوان پر اس کا کچھ اثر نہیں معلوم ہوتا تھا۔ اَور لوگ تو خود کو گرم کرنے کے لئے تیز تیز قدم اٹھا رہے تھے، مگر اسے اس کی ضرورت نہ تھی۔ جیسے اس کڑ کڑاتے جاڑے میں اسے ٹہلنے میں بڑا مزہ آ رہا ہو۔

اس کی چال ڈھال سے ایسا بانکپن ٹپکتا تھا کہ تانگے والے دور ہی سے دیکھ کے سرپٹ گھوڑا دوڑاتے ہوئے اس کی طرف لپکتے۔ مگر وہ چھڑی کے اشارے سے نہیں کر دیتا۔ ایک خالی ٹیکسی بھی اسے دیکھ کر رکی۔ مگر اس نے "نو تھینک یو" کہہ کر اسے بھی ٹال دیا۔

جیسے جیسے وہ مال کے زیادہ بارونق حصے کی طرف پہنچتا جاتا تھا۔ اس کی چونچالی بڑھتی ہی جاتی تھی۔ وہ منہ سے سیٹی بجا کر رقص کی ایک انگریزی دُھن نکالنے لگا۔ اس کے ساتھ ہی اس کے پاؤں بھی تھرکتے ہوئے اُٹھنے لگے۔ ایک دفعہ جب آس پاس کوئی نہیں تھا تو یکبارگی کچھ ایسا جوش آیا کہ اُس نے دوڑ کر جھوٹ موٹ بال دینے کی کوشش کی۔ گویا کرکٹ کا کھیل ہو رہا ہو۔

راستے میں وہ سڑک آئی جو لارنس گارڈن کی طرف جاتی تھی۔ مگر اس وقت شام کے دھندلکے اور سخت کہرے میں اس باغ پر کچھ ایسی اُداسی برس رہی تھی کہ اس نے اُدھر کا رُخ نہ کیا اور سیدھا چیرنگ کراس کی طرف چلتا رہا۔

ملکہ کے بُت کے قریب پہنچ کر اس کی حرکات وسکنات میں کسی قدر متانت پیدا ہوگئی۔ اس نے اپنا رومال نکالا جسے جیب میں رکھنے کے بجائے اس نے کوٹ کی بائیں آستین میں اڑس رکھا تھا اور ہلکے ہلکے چہرے پر پھیرا۔ تاکہ کچھ گرد جم گئی ہو تو اُتر جائے۔ بُت کے آس پاس لان کے ایک گوشے میں کچھ انگریز بچے ایک بڑی سی گیند سے کھیل رہے تھے وہ رُک گیا اور بڑی دلچسپی سے ان کا کھیل دیکھنے لگا۔ بچے کچھ دیر تو اُس کی نظروں سے بے پروا کھیل میں مصروف رہے۔ مگر جب وہ تکے ہی چلا گیا تو وہ رفتہ رفتہ شرمانے سے لگے اور پھر اچانک گیند سنبھال ہنستے ہوئے اور ایک دوسرے کے پیچھے بھاگتے ہوئے دوگھاس کے اس ٹکڑے ہی سے چلے گئے۔

نوجوان کی نظر سیمنٹ کی ایک خالی بنچ پر پڑی اور وہ اس پر آکے بیٹھ گیا۔ اس وقت شام کے اندھیرے کے ساتھ ساتھ سردی اور بھی بڑھتی جا رہی تھی اس کی یہ شدت ناخوشگوار نہ تھی۔ بلکہ لذت پرستی کی ترغیب دیتی تھی۔ شہر کے عیش پسند طبقے کا تو کہنا ہی کیا وہ تو اس بہانے کچھ زیادہ ہی کھل کھیلتا ہے تنہائی میں بسر کرنے والے بھی اس سے ورغلائے جاتے ہیں اور وہ اپنے اپنے کونوں کھدروں سے نکل محفلوں اور مجمعوں میں جانے کی سوچنے لگتے ہیں تاکہ جسموں کے قرب سے گرمی حاصل ہو۔ حصول لذت کی

یہی جستجو لوگوں کو مال پر کھینچ لائی تھی۔ اور وہ حسب توفیق ریستورانوں، کافی ہاؤسوں، رقص گاہوں، سینماؤں اور تفریح کے دوسرے مقاموں پر محظوظ ہو رہے تھے۔

مال روڈ پر موٹروں، تانگوں اور بائیسکلوں کا تانتا بندھا ہوا تو تھا ہی پٹری پر چلنے والوں کی بھی کثرت تھی۔ علاوہ ازیں سڑک کی دو رویہ دکانوں میں خرید و فروخت کا بازار بھی گرم تھا۔ جن کم نصیبوں کو نہ تفریح طبع کی استطاعت تھی نہ خرید و فروخت کی وہ دور ہی سے کھڑے کھڑے ان تفریح گاہوں اور دکانوں کی رنگا رنگ روشنیوں سے جی بہلا رہے تھے۔

نوجوان سیمنٹ کی بنچ پر بیٹھا اپنے سامنے سے گزرتے ہوئے زن و مرد کو غور سے دیکھ رہا تھا اس کی نظران کے چہروں سے کہیں زیادہ ان کے لباس پر پڑتی تھی۔ ان میں ہر وضع اور ہر قماش کے لوگ تھے۔ بڑے بڑے تاجر، سرکاری افسر، لیڈر، فنکار، کالجوں کے طلبا اور طالبات، نرسیں، اخباروں کے نمائندے دفتروں کے بابو۔ زیادہ تر لوگ اوورکوٹ پہنے ہوئے تھے۔ ہر قسم کے اوورکوٹ قراقلی کے بیش قیمت اوورکوٹ سے لے کر خاکی پٹی کے پرانے فوجی اوورکوٹ تک جسے نیلام میں خریدا گیا تھا۔

نوجوان کا اپنا اوورکوٹ تھا تو خاصا پرانا۔ مگر اس کا کپڑا خوب بڑھیا تھا پھر وہ سلا ہوا بھی کسی ماہر درزی کا تھا۔ اس کو دیکھنے سے معلوم ہوتا تھا کہ اس کی بہت دیکھ بھال کی جاتی ہے۔ کالر خوب جما ہوا تھا۔ باہوں کی کریزیں بڑی نمایاں، سلوٹ کہیں نام کو نہیں۔ بٹن سینگ کے بڑے بڑے چمکتے ہوئے۔ نوجوان اس میں بہت مگن معلوم ہوتا تھا۔

ایک لڑکا پان بیڑی سگرٹ کا صندوقچہ گلے میں ڈالے سامنے سے گزرا نوجوان نے آواز دی۔

"پان والا"

"جناب؟"

"دس کا چینج ہے؟"

"ہے تو نہیں۔ لا دوں گا۔ کیا لیں گے آپ؟"

"نوٹ لے کے بھاگ گیا تو؟"

"اجی واہ۔ کوئی چور اُچکا ہوں جو بھاگ جاؤں گا۔ اعتبار نہ ہو تو میرے ساتھ چلیے۔ لیں گے کیا آپ؟"

"نہیں نہیں ہم خود پہنچ لائے گا۔ لو یہ اکنی نکل آئی۔ ایک سگرٹ دے دو اور چلے جاؤ۔"

لڑکے کے جانے کے بعد مزے مزے سے سگرٹ کے کش لگانے لگا۔ وہ ویسے ہی بہت خوش نظر آتا تھا سگرٹ کے دھوئیں نے اس پر سرور کی کیفیت طاری کر دی۔

ایک چھوٹی سی سفید رنگ بلی سردی میں ٹھٹھری ہوئی بنچ کے نیچے اس کے قدموں کے پاس آ کر میاؤں میاؤں کرنے لگی۔ اس نے پچکارا تو اُچھل کر بنچ پر آ چڑھی۔ اس نے پیار سے اس کی پیٹھ پر ہاتھ پھیرا اور کہا!"

"پُور لِٹل سول!"

اس کے بعد وہ بنچ سے اُٹھ کھڑا ہوا اور سڑک کو پار کر کے اُس طرف چلا جدھر سینما کی رنگ برنگی روشنیاں جھلملا رہی تھیں۔ تماشا شروع ہو چکا تھا۔ سینما کے برآمدے میں بھیڑ نہ تھی۔ صرف چند لوگ تھے۔ جو آنے والی فلموں کی تصویروں کا جائزہ لے رہے تھے۔ یہ تصویریں چھوٹے بڑے کئی بورڈوں پر چسپاں تھیں۔ ان میں کہانی کے چیدہ چیدہ مناظر دکھائے گئے تھے۔

تین نوجوان اینگلو انڈین لڑکیاں ان تصویروں کو ذوق و شوق سے دیکھ رہی تھیں۔ ایک خاص شان استغنا کے ساتھ مگر صنف نازک کا پورا پورا احترام ملحوظ رکھتے ہوئے وہ بھی ان کے ساتھ ساتھ مگر مناسب فاصلے سے ان تصویروں کو دیکھتا رہا۔ لڑکیاں آپس میں ہنسی مذاق کی باتیں بھی کرتی جاتی تھیں۔ اور فلم پر رائے زنی بھی۔ اتنے میں ایک لڑکی نے، جو اپنی ساتھ والیوں سے زیادہ حسین بھی تھی اور شوخ بھی دوسری لڑکی کے کان میں کچھ کہا۔ جسے سن کر اُس نے ایک قہقہہ لگایا۔ اور پھر وہ تینوں ہنستی ہوئی باہر نکل گئیں۔ نوجوان نے اس کا کچھ اثر قبول نہ کیا اور تھوڑی دیر کے بعد وہ خود بھی سینما کی عمارت سے باہر نکل آیا۔

اب سات بج چکے تھے اور وہ مال کی پٹڑی پر پھر پہلے کی طرح سیر گشت کرتا ہوا چلا جا رہا تھا۔ ایک ریستوران میں آرکسٹرا بج رہا تھا۔ اندر سے کہیں زیادہ باہر لوگوں کا ہجوم تھا۔ ان میں زیادہ تر موٹروں کے ڈرائیور کوچوان، پھل بیچنے والے جو اپنا مال بیچ کے خالی ٹوکرے لئے کھڑے تھے۔ کچھ راہ گیر جو چلتے چلتے ٹھہر گئے۔ تھے کچھ مزدوری پیشہ لوگ تھے۔ اور کچھ گداگر۔ یہ اندر والوں سے کہیں زیادہ گانے کے رسیا معلوم ہوتے تھے۔ کیونکہ وہ غل غپاڑا نہیں مچا رہے تھے۔ بلکہ خاموشی سے نغمہ سن رہے تھے۔ حالانکہ دھن اور ساز اجنبی تھے۔ نوجوان پل بھر کے لئے رکا اور پھر آگے بڑھ گیا۔

تھوڑی دور چل کے اسے انگریزی موسیقی کی ایک بڑی سی دکان نظر آئی اور وہ بلا تکلف اندر چلا گیا ہر طرف شیشے کی الماریوں میں طرح طرح کے انگریزی ساز رکھے ہوئے تھے۔ ایک لمبی میز پر مغربی موسیقی کی دو ورقی کتابیں چنی تھیں۔ یہ نئے چلنتر گانے تھے۔ سرورق خوب صورت رنگدار مگر دھنیں گھٹیا۔ ایک چھچھلتی ہوئی نظر ان ڈالی پھر وہاں سے ہٹ آیا اور سازوں کی طرف متوجہ ہوگیا۔ ایک ہسپانوی گٹار پر جو ایک کھونٹی سے ٹنگی ہوئی تھی ناقدانہ نظر ڈالی اور اس کے ساتھ قیمت کا جو ٹکٹ لٹک رہا تھا اسے پڑھا۔ اس سے ذرا ہٹ کر ایک بڑا جرمن پیانو رکھا ہوا تھا۔ اس کا کور اٹھا کے انگلیوں سے بعض پردوں کو ٹٹولا اور پھر کور بند کر دیا۔

پیانو کی آواز سن کر دکان کا ایک کارندہ اس کی طرف بڑھا۔

”گڈ ایوننگ سر۔ کوئی خدمت؟“

”نہیں شکریہ۔ ہاں گراموفون ریکارڈوں کی فہرست دے دو اس مہینے کی۔“

فہرست لے کے اوورکوٹ کی جیب میں ڈالی۔ دکان سے باہر نکل آیا۔ اور پھر چلنا شروع کر دیا۔ راستے میں ایک چھوٹا سا بک اسٹال آیا۔ نوجوان یہاں بھی رکا کئی تازہ رسالوں کے ورق الٹے۔ رسالہ جہاں سے اٹھاتا بڑی احتیاط سے وہیں رکھ دیتا اور آگے بڑھا تو قالینوں کی ایک دکان نے اس کی توجہ کو جذب کیا۔ مالک دکان نے جو ایک لمبا سا چغہ پہنے اور سر پر کلاہ رکھے تھا گرم جوشی سے اس کی آؤ بھگت کی۔

"ذرا یہ ایرانی قالین دیکھنا چاہتا ہوں۔ اتاریئے نہیں، یہیں دیکھ لوں گا۔ کیا قیمت ہے اس کی؟"

"چودہ سو تیس روپے۔"

نوجوان نے اپنی بھنووں کو سکیڑا، جس کا مطلب تھا "اوہو اتنی!"

دکاندار نے کہا "آپ پسند کر لیجیئے۔ ہم جتنی بھی رعایت کر سکتے ہیں کر دینگے۔"

"شکریہ۔ لیکن اس وقت تو میں صرف ایک نظر دیکھنے آیا ہوں۔"

"شوق سے دیکھیے۔ آپ ہی کی دکان ہے۔"

دو تین منٹ کے بعد اس دکان سے بھی نکل آیا۔ اس کے اوور کوٹ کے کاج میں شربتی رنگ کے گلاب کا جو ادھ کھلا پھول اٹکا ہوا تھا۔ وہ اس وقت کاج سے کچھ زیادہ باہر نکل آیا تھا۔ جب وہ اس کو ٹھیک کر رہا تھا تو اس کے ہونٹوں پر ایک خفیف اور پر اسرار مسکراہٹ نمودار ہوئی اور اس نے پھر اپنی گشت شروع کر دی۔

اب وہ ہائی کورٹ کی عمارتوں کے سامنے سے گزر رہا تھا۔ اتنا کچھ چل لینے کے بعد بھی اس کی فطری چونچالی میں کچھ فرق نہیں آیا تھا۔ نہ تکان محسوس ہوئی تھی نہ اکتاہٹ یہاں پٹری پر چلنے والوں کی ٹولیاں کچھ چھٹ سی گئیں تھیں اور ان میں زمانی فصل رہنے لگا تھا۔ اس نے اپنی بید کی چھڑی کو ایک انگلی پر گھمانے کی کوشش کی مگر کامیابی نہ ہوئی اور چھڑی زمین پر گر پڑی "اوسوری" کہہ کر زمین پر جھکا اور چھڑی کو اٹھا لیا۔

اس اثنا میں ایک نوجوان جوڑا جو اس کے پیچھے پیچھے چلا آ رہا تھا اس کے پاس سے گزر کر آگے نکل آیا۔ لڑکا دراز قامت تھا اور سیاہ کوڈرائے کی پتلون اور زپ والی چمڑے کی جیکٹ پہنے تھا اور لڑکی سفید ساٹن کی گھیردار شلوار اور سبز رنگ کا کوٹ۔ وہ بھاری بھرکم سی تھی۔ اس کے بالوں میں ایک لمبا سا سیاہ چٹلا گندھا ہوا تھا۔ جو اس کی کمر سے بھی نیچا تھا۔ لڑکی کے چلنے سے اس چٹلے کا پھندنا اچھلتا کودتا پے در پے اس کے فربہ جسم سے ٹکراتا تھا۔ نوجوان کے لیئے جو اب ان کے پیچھے پیچھے آ رہا تھا یہ نظارہ خاصا جاذب نظر

تھا۔ وہ جوڑا کچھ دیر تک تو خاموش چلتا رہا۔ اس کے بعد لڑکے نے کچھ کہا جس کے جواب میں لڑکی اچانک چمک کر بولی:

"ہرگز نہیں۔ ہرگز نہیں۔ ہرگز نہیں۔"

"سنو میرا کہنا مانو۔" لڑکے نے نصیحت کے انداز میں کہا "ڈاکٹر میرا دوست ہے۔ کسی کو کانوں کان خبر نہ ہوگی۔"

"نہیں، نہیں، نہیں۔"

"میں کہتا ہوں تمہیں ذرا تکلیف نہ ہوگی۔"

لڑکی نے کچھ جواب دیا۔

"تمہارے ماں باپ کو کتنا رنج ہوگا۔ ذرا ان کی عزت کا بھی تو خیال کرو۔"

"چپ رہو ورنہ میں پاگل ہو جاؤں گی۔"

نوجوان نے شام سے اب تک اپنی مٹر گشت کے دوران میں جتنی انسانی شکلیں دیکھی تھیں ان میں سے کسی نے بھی اس کی توجہ کو اپنی طرف منعطف نہیں کیا تھا۔ فی الحقیقت ان میں کوئی جاذبیت تھی ہی نہیں۔ یا پھر وہ اپنے حال میں ایسا مست تھا کہ کسی دوسرے سے اسے سروکار ہی نہ تھا۔ مگر اس دلچسپ جوڑے نے جس میں کسی افسانے کے کرداروں کی سی ادا تھی۔ جیسے یکبارگی اس کے دل کو موہ لیا تھا اور اسے حد درجہ مشتاق بنا دیا کہ وہ ان کی اور بھی باتیں سنے اور ہو سکے تو قریب سے ان کی شکلیں بھی دیکھ لے۔

اس وقت وہ تینوں بڑے ڈاک خانے کے چوراہے کے پاس پہنچ گئے تھے لڑکا اور لڑکی پل بھر کو رکے اور پھر سڑک پار کر کے میکلوڈ روڈ پر چل پڑے۔ نوجوان مال روڈ پر ہی ٹھہرا رہا۔ شاید وہ سمجھتا تھا کہ فی الفور ان کے پیچھے گیا تو ممکن ہے انھیں شبہ ہو جائے کہ ان کا تعاقب کیا جا رہا ہے۔ اس لئے اسے کچھ لمحے رک جانا چاہئے۔

جب وہ لوگ کوئی سو گز آگے نکل گئے تو اس نے لپک کر ان کا پیچھا کرنا چاہا۔ مگر ابھی اس نے آدھی ہی

سڑک پار کی ہوگی کہ اینٹوں سے بھری ہوئی ایک لاری پیچھے سے بگولے کی طرح آئی اور اسے کچلتی ہوئی میکلوڈ روڈ کی طرف نکل گئی۔ لاری کے ڈرائیور نے نوجوان کی چیخ سن کر پل بھر کے لئے گاڑی کی رفتار کم کی پھر وہ سمجھ گیا کہ کوئی لاری کی لپیٹ میں آگیا۔ اور وہ رات کے اندھیرے سے فائدہ اٹھاتے ہوئے لاری کو لے بھاگا۔ دو تین راہ گیر جو اس حادثے کو دیکھ رہے تھے شور مچانے لگے۔ نمبر دیکھو نمبر دیکھو۔ مگر لاری ہوا ہو چکی تھی۔

اتنے میں کئی اور لوگ جمع ہو گئے۔ ٹریفک کا انسپکٹر جو موٹر سائیکل پر جا رہا تھا رک گیا۔ نوجوان کی دونوں ٹانگیں بالکل کچلی گئی تھیں۔ بہت سا خون نکل چکا تھا۔ اور وہ سسک رہا تھا۔

فوراً ایک کار کو روکا گیا۔ اور اسے جیسے تیسے اس میں ڈال کے بڑے ہسپتال روانہ کر دیا گیا۔ جس وقت وہ ہسپتال پہنچا تو اس میں ابھی رمق بھر جان باقی تھی۔

اس ہسپتال کے شعبہ حادثات میں اسسٹنٹ سرجن مسٹر خان اور دو نو عمر نرسیں مس شہناز اور مس گل ڈیوٹی پر تھیں۔ جس وقت اسے سٹریچر پر ڈال کے اپریشن روم میں لے جایا جا رہا تھا تو ان نرسوں کی نظر اس پر پڑی۔ اس کا بادامی رنگ کا اوورکوٹ ابھی تک اس کے جسم پر تھا۔ اور سفید سلک کا مفلر گلے میں لپٹا ہوا تھا۔ اس کے کپڑوں پر جا بجا خون کے بڑے بڑے دھبے تھے۔ کسی نے از راہِ دردمندی اس کی سبز فیلٹ ہیٹ اٹھا کے اس کے سینہ پر رکھ دی تھی تا کہ کوئی اڑا نہ لے جائے۔

شہناز نے گل سے کہا:

"کسی بھلے گھر کا معلوم ہوتا ہے بے چارہ۔"

گل دبی آواز میں بولی:

"خوب بن ٹھن کے نکلا تھا بے چارہ ہفتے کی شام منانے۔"

"ڈرائیور پکڑا گیا یا نہیں؟"

"نہیں بھاگ گیا۔"

"کتنے افسوس کی بات ہے۔"

اپریشن روم میں اسسٹنٹ سرجن اور نرسیں چہروں پر جراحی کے نقاب چڑھائے جنھوں نے ان کی آنکھوں سے نیچے کا سارا حصہ چھپا رکھا تھا، اسکی دیکھ بھال میں مصروف تھے۔ اسے سنگ مرمر کی میز پر لٹا دیا گیا، اس نے سر میں جو تیز خوشبودار تیل ڈال رکھا تھا اس کی کچھ کچھ مہک ابھی تک باقی تھی۔ پٹیاں ابھی تک جمی ہوئی تھیں، حادثے سے اس کی دونوں ٹانگیں تو ٹوٹ چکی تھیں۔ مگر سر کی مانگ نہیں بگڑنے پائی تھی۔

اب اس کے کپڑے اتارے جا رہے تھے۔ سب سے پہلے سفید سلک کا گلوبند اس کے گلے سے اتارا گیا۔ اچانک نرس شہناز اور نرس گل نے بیک وقت ایک دوسرے کی طرف دیکھا اس سے زیادہ وہ کر بھی کیا سکتی تھیں۔ چہرے جو دلی کیفیات کا آئینہ ہوتے ہیں، جراحی کے نقاب تلے چھپے ہوئے تھے اور زبانیں بند۔

نوجوان کے گلوبند کے نیچے نکٹائی اور کالر کیا۔ سرے سے قمیص ہی نہیں تھی۔ اور کوٹ اتارا گیا تو نیچے سے ایک بہت بوسیدہ اونی سوئٹر نکلا جس میں جا بجا بڑے بڑے سوراخ تھے۔ ان سوراخوں سے سوئٹر سے بھی زیادہ بوسیدہ اور میلا کچیلا ایک بنیان نظر آرہا تھا۔ نوجوان سلک کے گلوبند کو کچھ اس ڈھب سے گلے پر لپیٹے رکھتا تھا کہ اس کا سارا سینہ چھپا رہتا تھا۔ اس کے جسم پر میل کی تہیں بھی خوب چڑھی ہوئی تھیں۔ ظاہر ہوتا تھا کہ وہ کم سے کم پچھلے دو مہینے سے نہیں نہایا البتہ گردن خوب صاف تھی اور اس پر ہلکا ہلکا پوڈر لگا ہوا تھا۔ سوئٹر اور بنیان کے بعد پتلون کی باری آئی اور شہناز اور گل کی نظریں پھر بیک وقت اٹھیں۔

پتلون کو پیٹی کے بجائے ایک پرانی دھجی سے جو شاید کبھی نکٹائی ہوگی خوب کس کے باندھا گیا تھا بٹن اور بکسوئے غائب تھے۔ دونوں گھٹنوں پر سے کپڑا مسک گیا تھا۔ اور کئی جگہ کھونچیں لگی تھیں۔ مگر چونکہ یہ حصے اورکوٹ کے نیچے رہتے تھے۔ اس لئے لوگوں کی ان پر نظر نہیں پڑتی تھی۔

اب بوٹ اور جرابوں کی باری آئی اور ایک مرتبہ پھر مس شہناز اور مس گل کی آنکھیں چار ہوئیں۔

بوٹ تو پرانے ہونے کے باوجود خوب چمک رہے تھے۔ مگر ایک پاؤں کی جراب دوسرے پاؤں کی جراب سے بالکل مختلف تھی۔ پھر دونوں جرابیں پھٹی ہوئی بھی تھیں۔ اس قدر کہ ان میں سے نوجوان کی میلی میلی ایڑیاں نظر آرہی تھیں۔

بلاشبہ اس وقت تک وہ دم توڑ چکا تھا۔ اس کا جسم سنگ مرمر کی میز پر بے جان پڑا تھا۔ اس کا چہرہ جو پہلے چھت کی سمت تھا۔ کپڑے اتارنے میں دیوار کی طرف مڑ گیا تھا۔ معلوم ہوتا تھا کہ جسم اور اس کے ساتھ روح کی اس برہنگی نے اسے خجل کر دیا ہے اور وہ اپنے ہم جنسوں سے آنکھیں چرا رہا ہے۔

اس کے اوورکوٹ کی مختلف جیبوں سے جو چیزیں برآمد ہوئیں، وہ یہ تھیں :

ایک چھوٹی سی سیاہ کنگھی۔ ایک رومال، ساڑھے چھ آنے، ایک بجھا ہوا آدھا سگرٹ، ایک چھوٹی سی ڈائری جس میں لوگوں کے نام اور پتے لکھے تھے نئے گراموفون ریکارڈوں کی ایک ماہانہ فہرست اور کچھ اشتہار جو مٹر گشت کے دوران میں اشتہار بانٹنے والوں نے اس کے ہاتھ میں تھما دیئے تھے۔ اور اس نے انھیں اوورکوٹ کی جیب میں ڈال لیا تھا۔

افسوس کہ اُس کی بید کی چھڑی جو حادثے کے دوران میں کہیں کھو گئی تھی اس فہرست میں شامل نہ تھی۔

اُس کی بیوی

وہ دونوں تیسری منزل کے ایک کمرے میں تھے۔ یہ چھوٹا سا کمرا اپنی ہلکی نیلی روشنی کے ساتھ باہر سے یوں دکھائی دیتا، گویا ٹرین کا کوئی ٹھنڈا ڈبہ ہے جس طرح ریلوے والے گرمی کے موسم میں "فردوس سمیٹ" یا "خواب یاسمین" وغیرہ شاعرانہ نام رکھ کر بعض خاص گاڑیوں میں جوڑ دیتے ہیں۔

بارشوں کا زمانہ قریب قریب ختم ہو چکا تھا۔ مکانوں میں بسنے والی مخلوق نے پسینے، بدبُو اور گھٹن سے نجات پائی تھی۔ فضا میں خصوصاً رات کے وقت خنکی ہونے لگی تھی۔ ہاں جب کوئی بڑا سا کالے رنگ کا پتنگا اپنی تیز بھنبھناہٹ کے ساتھ اندھا دھند کسی برقی قمقمے کے چکر کاٹنے لگتا تو ظاہر ہو جاتا کہ برکھا رت ابھی گئی نہیں۔

"نجمہ بھی ٹھیک اسی طرح سیدھی مانگ نکالا کرتی" نوجوان نے کہا۔ "مگر کبھی کبھی وہ گُدّی تک مانگ لے جاتی .... یہ طریقہ اُس نے ایک بنگالن سے سیکھا تھا۔"

نسرین چپ رہی۔ نظریں فرشی سنگھار میز کے آئینے پر جمائے جس میں اُسے اپنا دھندلا دھندلا نیلگوں عکس دکھائی دے رہا تھا، وہ بالوں میں کنگھی کرتی رہی جیسا کہ سونے سے پہلے بعض عورتوں کی عادت ہوتی ہے۔

نوجوان اُس کے پاس ہی چاندنی پر کہنیوں کے بل اوندھا لیٹا ہوا تھا۔ یوں لیٹنے سے اس کی سفید سلک کی قمیص اور خاکی زین کی پتلون میں جا بجا سلوٹیں پڑ گئی تھیں۔ اس نے چند لمحے جواب کا انتظار کیا۔

اور پھر کہنا شروع کیا ——— "کبھی کبھی نجمی اپنے دہنے کان کے پاس سے اپنے بھورے بالوں کی ایک لٹ نکال کر لام (ل) سا بنا لیا کرتی جو اس کے سُرخ و سفید بھرے بھرے گال پر بہت بھلا لگتا۔۔۔۔"

نسرین کے چہرے پر خفیف سی اضمحلال کی کیفیت پیدا ہوئی۔ مگر زبان سے اب بھی اُس نے کچھ نہ کہا۔ وہ سوچ رہی تھی یہ کیسا مرد ہے۔ جس کے پاس بات کرنے کو بیوی کے سوا اور کوئی موضوع ہی نہیں۔ وہ دو گھنٹے سے برابر اسی عورت کا ذکر کئے جا رہی تھی۔ جو اَب دنیا میں موجود نہ تھی۔ ان دو گھنٹوں وہ اس نوجوان کی متاہل زندگی کے تمام اہم واقعات اور اس کی مرحوم بیوی کی بہت سی عادتوں اور خصلتوں سے واقف ہو چکی تھی۔ یہ کہ اسے بچپن ہی سے اپنی بیوی سے عشق تھا۔ یہ کہ نجمہ کا باپ ان کی شادی کے خلاف تھا مگر ماموں اور چچا حق میں تھے۔ یہ کہ نجمہ لمبے قد کی تھی۔ اسے گانا سیکھنے کا بہت شوق تھا۔ جب وہ ہنستی تو اس کے بائیں گال میں گڑھا پڑ جاتا۔ اسے حنا کا عطر بہت مرغوب تھا۔۔۔۔ وہ کروشیے سے مور بہت اچھا بنا یا کرتی۔۔۔

شروع شروع میں نسرین کو اس ذکر سے کچھ یوں ہی سی دلچسپی ہوئی تھی جیسا کہ ابتدا میں عموماً ایک عورت کو دوسری عورت کے ذکر سے ہوا کرتی ہے مگر جلد ہی وہ اس سے بیزار ہو گئی تھی اور آخر جب اس کی جماہیاں اور انگڑائیاں بھی اس موضوع سے اس کا پیچھا نہ چھڑا سکیں تو زچ ہو کر اس نے چپ سادھ لی تھی۔

وہ اب چوٹی کر کے جوڑا باندھ چکی تھی اور اُن ہیر پنوں اور کلپوں کو جن سے وہ اپنے بالوں کی آرائش میں مدد لیا کرتی، فرش سے اٹھا اٹھا کر سنگھار میز کے خانے میں ڈال رہی تھی۔ اس اثنا میں نوجوان کی نظریں اس کی گوری گوری انگلیوں کی خفیف ترین حرکات کا بھی تعاقب کرتی رہی تھیں۔

دو منٹ خاموشی میں گزر گئے۔

کئی دن ہوئے اس نوجوان نے نسرین کو دیکھا تھا اسے دیکھتے ہی اُسے اپنی مرحوم بیوی کی یاد بے طرح ستانے لگی تھی اور وہ اس سے ملنے کی تدبیریں کرنے لگا تھا اور آخر جب اس نے اس قدر روپیہ جمع کر لیا کہ دو راتوں کے لئے اس عورت کو خرید سکے تو اس نے سیدھا اس کے گھر کا رُخ کیا۔

"میری بیوی ———"

"تو گویا بہت محبت تھی آپ کو بیگم صاحب سے۔" بالآخر نسرین نے بات کاٹ کر کہا۔ جب ایک آدمی بولے ہی چلا جائے تو دوسرا کب تک چپ رہ سکتا ہے۔

"بے حد" بے ساختہ نوجوان کے منہ سے نکلا۔ وہ اس کے طعن کو نہیں سمجھ سکا تھا۔

"مگر صاحب آپ کی باتیں بھی عجیب ہیں" ایک انتقامی جذبہ اس میں بیدار ہو رہا تھا "سمجھ میں نہیں آتا وہ کیسی محبت تھی جو اس کے مرنے کے تین ہی مہینے بعد رفو چکر ہو گئی، اور اب ......"

وہ فقرہ مکمل نہ کر سکی۔ شاید اس کی ضرورت بھی نہ تھی۔ کیونکہ نوجوان اس کا مطلب بخوبی سمجھ گیا تھا۔ وہ کچھ دیر گم سم رہا۔ پھر اس نے اپنی صاف اور روشن آنکھیں اُٹھا کر جن میں مجرمانہ گھبراہٹ یا گناہگارانہ ندامت کی کوئی علامت نہ تھی، نسرین کے چہرے کی طرف دیکھا۔ پھر وہ آلتی پالتی مار کے بیٹھ گیا کہ شاید لیٹے رہنے سے وہ اپنی مدافعت پورے طور پر نہ کر سکے۔ اس کے ہونٹ پل بھر کو لرزے۔ مگر زبان کچھ نہ کہہ سکی۔

چند لمحوں تک دونوں خاموش بیٹھے رہے۔ اس کے بعد نسرین انگڑائی لیتی ہوئی اور بغیر کچھ کہے کمرے سے نکل گئی۔

کوئی پاؤ گھنٹے بعد وہ واپس آئی۔ زیور وغیرہ اس نے اتار دیئے تھے ——— اور شب خوابی کے لئے ایک سادہ سی اُجلی دھوتی باندھ لی تھی۔ وہ اس قدر آہستہ سے داخل ہوئی کہ نوجوان نے اس کے قدموں کی چاپ تک نہیں سُنی وہ چاندنی پر پیٹ کے بل لیٹا ہوا تھا۔ اس کی عمر چھبیس پچیس برس سے کم نہ ہوگی۔ مگر اس وقت برقی لیمپ کی مدھم نیلی روشنی میں وہ اپنی چھوٹی چھوٹی سیاہ مونچھوں، گھنے ابروؤں، اور چمکتی ہوئی آنکھوں کے ساتھ کالج کی کسی ابتدائی جماعت کا طالب علم معلوم ہوتا تھا۔ اس کے سامنے چاندنی پر مٹر کے دانے کے برابر ایک سیاہ پتنگا چت پڑا تھا جو شاید برقی قمقمے سے ٹکرا کر نیچے آ رہا تھا۔ پتنگا اپنی ننھی ننھی بال سی ٹانگیں ہوا میں ہلا ہلا کر اور سر کو فرش پر رگڑ رگڑ کر سیدھا ہونے کی کوشش کرتا، مگر جہاں اُسے ذرا کامیابی ہوتی، نوجوان ایک بجھی ہوئی دیا سلائی

کہ سرے سے پھر اسے اندھا کر دیتا۔

جب نسرین بالکل اُس کے سر پہ آ کھڑی ہوئی تو وہ چونک پڑا۔

"اوہ آپ ہیں" اور اس نے کچھ شرمندہ سا ہو کر پتنگے کو دیا سلائی سے پرے اُچھال دیا۔

"بیگم صاحب کے مرنے کا رنج تو بہت ہوا ہوگا آپ کو؟" یہ سوال کر کے وہ خود حیران رہ گئی۔

نوجوان نے لمحہ بھر تامل کیا اور پھر سنجیدہ لہجہ میں کہنا شروع کیا:

"نہیں۔ شروع شروع میں کچھ ایسا غم نہیں ہوا تھا یقین ہی نہیں آتا تھا کہ ایسا ہو گیا ہے۔ مگر میں زیادہ دن اس فریب میں نہ رہ سکا۔ میں بیمار پڑ گیا۔ مہینہ بھر چارپائی پر پڑا رہا۔ جب میری حالت بہت خراب ہو جاتی تو امی جان اور زہری، یہ میری چھوٹی بہن کا نام ہے۔ میرے سرہانے آکر کھڑی ہو جاتی اور ایسی چُپ چُپ سہمی ہوئی نظروں سے میری طرف دیکھتیں کہ میں جلدی سے آنکھیں بند کر لیتا اور چاہتا کہ نہ مروں۔۔۔۔۔ بس پھر میں رفتہ رفتہ تندرست ہوتا گیا۔

اس کے لہجے نے نسرین کو متاثر کیا۔

دو تین لمحے پھر دونوں چپ رہے۔

"آپ نے کہا تھا" اچانک نسرین کے لہجے میں شوخی جھلکنے لگی: "میری شکل بیگم صاحب سے ملتی جلتی ہے۔ بھلا کیا چیز ملتی ہے؟"

نوجوان نے پل بھر غور کیا۔

"سب سے زیادہ تمہاری آنکھیں نجمی سے ملتی ہیں۔" یہ کہتے وقت اُس کے ہونٹوں پر ہلکی سی مسکراہٹ آگئی تھی۔ مگر لہجے سے ابھی افسردگی کا اثر دور نہیں ہوا تھا۔ "ویسی ہی سیاہ اور گہری۔ دوسرے نمبر پر ٹھوڑی ویسی ہی پتلی اور تیسرے نمبر پر۔۔۔۔۔"

"چلیے ہٹیے بنائیے نہیں۔"

" تمہارے بال، تمہاری گردن ......"

نوجوان کی فطری چونچالی تیزی سے بحال ہو رہی تھی اور نسرین خود کو روکے ہوئے تھی کہ اس سلسلہ میں کوئی اور سوال نہ کر بیٹھے۔

آدھ گھنٹے بعد روشنی گل کر دی گئی تھی۔ اور وہ دونوں کھڑکی کے پاس پلنگ پر دراز ہو گئے تھے۔ نوجوان جو رات کو جلد ہی سو جانے کا عادی تھا زیادہ دیر تک نہ جاگا مگر نسرین آنکھیں کھولے دیر تک کھڑکی میں سے آسمان کو دیکھتی رہی۔

یہ قمری مہینے کی آخری تاریخوں کی ایک رات تھی۔ آسمان صاف مگر تاریک سا تھا۔ ستارے اس قدر تیزی سے چمک رہے تھے کہ معلوم ہوتا تھا زمین کے قریب سرک آئے ہیں۔ نسرین ستاروں کو ہمیشہ دلچسپی سے دیکھا کرتی تھی۔ سب سے پہلے جب وہ ستاروں سے آشنا ہوئی تھی۔ اس کی عمر چار برس کی تھی ماں مر چکی تھی۔ مگر باپ زندہ تھا۔ اس نے باپ کے ساتھ ریل گاڑی میں ایک لمبا سفر کیا تھا۔ آدھی رات کو وہ دونوں ایک چھوٹے سے دیہاتی اسٹیشن پر اترے تھے۔ اسی اسٹیشن پر لالٹین کی مدھم روشنی میں ایک موٹے ننگ دھڑنگ فقیر نے اسے ایسی لال لال ڈراونی آنکھوں سے گھورا تھا کہ اس کی چیخ نکل گئی تھی۔ اور وہ بے اختیار باپ کی ٹانگوں سے لپٹ گئی تھی۔ کچھ دیر دونوں اسٹیشن ہی پر ٹھہرے رہے۔ مگر کوئی سواری نہ ملی۔ آخر باپ نے اُسے گود میں لے لیا۔ گٹھڑی بغل میں ماری اور اندھیرے گھپ میں پیدل چلنا شروع کر دیا۔

یہ سفر بھی بہت لمبا تھا، مگر اُس کی سہمی ہوئی نظروں نے جلد ہی ستاروں کو ڈھونڈ نکالا تھا۔ انکو دیکھ کر اس کا ڈر کم ہونے لگا تھا۔ یہاں تک کہ وہ باپ کے کندھے سے لگ کر سو گئی۔ آنکھ کھلی تو خود کو ایک اجنبی عورت کے گھر پایا۔ وہ کئی دن تک روتی بلکتی رہی۔ مگر باپ کی صورت دیکھنا اُسے پھر کبھی نصیب نہ ہوا......

صبح کو نسرین کی آنکھ کھلی تو سورج خاصا نکل آیا تھا۔ اٹھتے ہی سب سے پہلے اسے جو احساس ہوا یہ تھا کہ نوجوان اس کے بستر پر موجود نہیں، اس نے سوچا غسل خانے میں ہوگا اور وہ کھلے کھلے بستر پر کروٹیں بدلنے لگی۔ جب پاؤ گھنٹہ گزر گیا اور نوجوان کہیں نظر نہ آیا تو اسے الجھن ہونے لگی شمن جھاڑ دلنے کمرے میں آیا تو اس سے پوچھا۔

"وہ رات والے بابو کہاں ہیں؟"

"چلے گئے"

"چلے گئے؟" اس نے تعجب سے پوچھا۔

"جی ہاں۔ صبح ہی صبح، ہم سب سو رہے تھے۔ دروازہ بھی تو کھلا ہی چھوڑ گئے۔"

"ویسے تو سب خیریت ہے نا؟" بے ساختہ اُس کے منہ سے نکل گیا۔

"جی سب خیریت ہے" شمن اس کا مطلب فوراً سمجھ گیا تھا۔ "میں نے اُٹھتے ہی سب دیکھ بھال لیا تھا۔"

اپنے شبہے کے گھٹیا پن پر اُسے شرم آگئی۔ مگر دوسرے ہی لمحہ اس خیال نے اس پر تسلط جما لیا کہ وہ نوجوان چلا کیوں گیا۔ اس نے سوچا، رات اسے میرا طعنہ بُرا لگا وہ بڑا احساس تھا۔ اوپر اوپر سے ہنستا بولتا رہا صبح ہوتے ہی چل دیا۔ منہ ہاتھ دھو کر نیچے پھوپھی کے پاس جانے کو تھی کہ اچانک کسی کے جلد جلد سیڑھیاں چڑھنے کی آواز آئی نوجوان گیا نہیں تھا۔ وہ رومال میں کچھ باندھے لئے آرہا تھا۔

"معاف کرنا" اس نے اپنے پھولے ہوئے سانس پر قابو پانے کی کوشش کرتے ہوئے کہا "میں تمہیں بتلائے بغیر ہی چلا گیا۔ میں نے جگانا مناسب نہیں سمجھا تھا۔ یہ لو" یہ کہہ کر اس نے رومال نسرین کے ہاتھ میں دے دیا۔

"کیا ہے؟" نسرین نے پوچھا،

"گوشت ترکاری" یہ کہہ کر وہ مسکرانے لگا، جیسے اس نے کوئی شرارت کی ہو۔

"گوشت ترکاری؟ کس نے کہا تھا لانے کو؟"

"خفا کیوں ہوتی ہو، بات یوں ہے۔ جب نجمی زندہ تھی۔ میں یونہی منہ اندھیرے اسے جگائے بغیر گھر سے نکل جاتا، ہوا خوری کی ہوا خوری ہو جاتی، اور گھر کا سودا بھی لے آتا۔ ہمیں نوکر رکھنے کی توفیق نہیں تھی۔ بس یونہی مل بانٹ کے کام کیا کرتے۔ وہ گھر کا اور میں باہر کا۔ . . . . . ذرا دیکھو تو گوشت کیا عمدہ اور تازہ ہے آدھا دست کا اور آدھا پشت کا۔ اور گردا اُڑو نگے میں۔ نوکر کا باپ بھی ایسا گوشت نہیں لا سکتا۔ اور پھر ذرا کچنال تو دیکھو، آج ہی شہر میں آتی ہے۔ پھر پیاز بھی ہے ہری مرچیں بھی، اور ادرک بھی اور دھنیا بھی۔"

نوجوان داڑھی بھی منڈواتا آیا تھا۔ تھوڑا سا صابن اس کے کانوں کی لووں پر ابھی تک لگا رہ گیا تھا۔ نسرین کا جی چاہا کہ دوپٹہ کے دامن سے صابن کو پونچھ دے۔ مگر وہ ایسا نہ کر سکی۔

"آپ نے ناحق تکلیف کی۔" نسرین نے کہا "خیر اب لے آئے تو میں شمن کو بلواتی ہوں۔"

"نہیں۔ نہیں اُسے مت بلواؤ۔"

"یہ کیوں؟"

"میں کھانا خود پکاؤں گا۔ جب نجمی زندہ تھی تو کبھی کبھی میں ہنڈیا پکایا کرتا وہ سامنے مونڈھے پر بیٹھی مجھے بتاتی رہتی۔ . . . ."

"ہمارا شمن بھی بہت ہوشیار ہے" نسرین نے کہا "ایسا کھانا پکاتا ہے کہ زبان چٹخارے لیتی رہ جاتی ہے۔"

"نہیں صاحب" نوجوان نے قطعی فیصلہ کرتے ہوئے کہا "نجمی کچنال ایک خاص ترکیب سے پکایا کرتی تھی وہ ترکیب یا تو وہ جانتی تھی یا میں جانتا ہوں —— مہربانی کر کے آپ انگیٹھی، کوئلے اور چاقو منگوا دیجئے۔"

نسرین نے اس سلسلہ میں کچھ اور کہنا مناسب نہ سمجھا اور خاموش سیڑھیوں سے اُتر گئی۔

"آؤ بیٹا" نسرین کی پھوپھی نے اُسے دیکھ کر اُگالدان میں پیک تھوکتے ہوئے کہا "میں ابھی ابھی شمن سے کہہ رہی تھی کہ تمہارا اور اُس کا ناشتہ اوپر لے جائے۔"

"میں ناشتہ نہیں کروں گی، اُس کے لئے اوپر بھیج دو۔"

"تم چُپ چپ کیوں ہو؟"

"نہیں تو..... !"

"شکل سے تو بڑا کم زبان معلوم ہوتا ہے۔"

نسرین نے کچھ جواب نہ دیا۔

"کیا کر رہا ہے، اس وقت؟" پھوپھی نے پوچھا

"ہنڈیا کا سودا خرید کر لایا ہے خود ہی پکانے بیٹھا ہے۔

نسرین کی پھوپھی کھلکھلا کر ہنس پڑی

"سچ !"

"ہاں. ہاں"

"بڑا ہی سیدھا سادہ ہے۔"

"خبطی ہے پورا، رات بھر اپنی مری ہوئی بیوی کی باتیں کر کے دماغ چاٹ گیا ــــــ شمن کو اس کے پاس بھیج دینا، ہاتھ بٹاتا رہے گا. میں ذرا نوبہار کے ہاں جاتی ہوں۔"

نسرین کا خیال تھا کہ وہ کم سے کم ایک گھنٹہ نوبہار کے ہاں ضرور ٹھہرے گی مگر پاؤ گھنٹہ بھی نہ گزرنے پایا تھا کہ اُٹھ آئی. سیدھی اوپر کی منزل میں پہنچی. دیکھا کہ کمرے کے باہر دالان میں انگیٹھی دہک رہی ہے اور نوجوان اس کے پاس ہی ایک چھوٹی سی دری پر آلتی پالتی مارے بیٹھا پیاز کتر رہا ہے. آنکھیں سرخ ہو رہی ہیں. پانی بہہ رہا ہے. اس سے ذرا ہٹ کے شمن بیٹھا بڑے مزے سے یہ تماشا دیکھ رہا ہے۔

"شمن!" نسرین نے کسی قدر سختی سے کہا، "تم بیٹھے منہ کیا تک رہے ہو. صاحب سے پیاز لے کر کیوں نہیں کترتے؟"

"میں تو کئی دفعہ عرض کر چکا ہوں" شمن نے منہ بنا کر کہا: "پر صاحب مانتے ہی نہیں. مجھ سے آگ جلانے کو کہا. میں نے آگ جلا دی۔"

"اچھا تم نیچے جاؤ۔"

جب شمن چلا گیا، تو نسرین نے کہا:

"حضرت یہ اس عمر میں ہنڈکلھیا پکانے کی کیا سوجھی ہے۔ لائیے پیاز مجھے دیجئے اور جا کر آنکھوں پر چھینٹے دیجئے۔ اور اس نے ہاتھ بڑھا کر نوجوان کی گود سے پیاز کی رکابی خود ہی اٹھالی، نوجوان نے مزاحمت نہ کی۔

دو گھنٹے کے بعد جب وہ دونوں دسترخوان پر کھانا کھانے بیٹھے تو نوجوان نے کہا:

"معاف کرنا، میری وجہ سے تم کو اتنی تکلیف اٹھانی پڑی۔ بات یہ ہے کہ نجمی ——"

"باتیں چھوڑیئے اور کھانا کھائیے۔"

"واہ کیا مزے کا کھانا پکایا ہے" نوجوان نے پہلا نوالہ منہ میں رکھتے ہوئے کہا۔ "نجمی کے ہاتھ کا مزہ یاد آگیا۔"

"چلئے زیادہ بنایئے نہیں۔ چپاتیاں تو دیکھئے کیسی ٹیڑھی بینگی ہیں۔"

"چپاتیاں نجمی کو بھی پکانی نہیں آتی تھیں اور میں زیادہ تر تنور ہی سے روٹیاں لگوا کر لایا کرتا تھا۔"

"مجھے تنور کی روٹی زہر لگتی ہے۔"

"کبھی کبھی ہم کوئی سستا سا خانساماں بھی رکھ لیا کرتے۔ مگر وہ پندرہ بیس روز سے زیادہ نہ ٹکتا پیسے چپکے کسی اچھے گھر کی ٹوہ میں رہتا۔ اور پھر کھسک جاتا۔"

کھانے سے فارغ ہو کر دونوں کمرے میں فرش پر آ بیٹھے۔

"آپ نے کہا تھا" نسرین نے کہا "آج کل آپ کسی دوست کے ہاں رہتے ہیں۔"

"ہاں نجمی کے مرنے کے بعد میں نے امی جان اور زہری کو تو گاؤں بھیج دیا تھا۔ اور خود ایک دوست کے ہاں اٹھ آیا تھا۔ یہ دوست بھی میری طرح اکیلا ہی ہے۔ ہم دونوں مکان کے کرائے، کھانے پینے کے خرچ اور نوکر کی تنخواہ میں ساجھی ہیں۔"

"اور آدھی تنخواہ آپ امی جان کو بھیج دیتے ہیں؟"

"ہاں، مگر وہ ہمیشہ کسی نہ کسی بہانے کچھ نہ کچھ لوٹاتی ہی رہتی ہیں کبھی گرم پتلون سلوانے کے لئے کبھی نیا بوٹ خریدنے کے لئے۔"

نسرین نے محسوس کیا کہ اس کی ماں اسے بہت چاہتی ہوگی۔

"اپنی ہمشیرہ کی کیا عمر بتائی تھی آپ نے؟"

"دس برس، بڑی پیاری بچی ہے۔"

"اسکول جاتی ہے؟"

"نہیں، گھر پر مولوی صاحب سے پڑھتی ہے۔ سینا پرونا اُسے دادی سکھاتی ہے۔ اس نے ایک بکری پالی ہے۔ دودھ سی سفید، ایک بھی کالا بال نہیں۔ زہرہ اس کی بڑی دیکھ بھال کرتی ہے۔ کھیت سے بوٹے توڑ لاتی ہے۔ اپنے ہاتھ سے کھلاتی ہے۔ ہمارے گاؤں کے پاس ہی چھوٹی سی ندی بہتی ہے۔ وہ اسے وہاں پانی پلانے لے جاتی ہے۔ ایک دن کیا ہوا کہ وہ بکری پانی پی رہی تھی کہ ایک بڑا سا کتا آیا وہ جو زور سے بھونکا تو بکری ڈر کر ندی میں گر پڑی۔ پانی کا بہاؤ تیز تھا۔ وہ اس کے ساتھ بہہ چلی۔ اس پر زہرہ نے چیخ چیخ کر بُرا حال کر لیا۔ اتفاق سے ایک کسان اُدھر سے گزرا، شور سُن کر دوڑا ہوا آیا۔ بڑی مشکل سے بکری کو نکالا تب زہرہ کی جان میں جان آئی۔"

نسرین یہ سادہ سا بے رنگ واقعہ بڑی دلچسپی سے سنتی رہی۔

اب نوجوان پر کچھ کچھ غنودگی طاری ہو رہی تھی۔ وہ گاؤ تکیے کے سہارے لیٹ گیا رفتہ رفتہ اس کی آنکھیں بند ہوگئیں اور وہ سو گیا۔

نسرین اٹھی۔ الماری کے خانے سے سفید ململ کا دوپٹہ اور گوٹا اٹھا لائی اور نوجوان کے قریب ہی فرش پر بیٹھ دوپٹہ میں گوٹا ٹانکنے لگی۔ مگر تھوڑی ہی دیر میں اس کا جی اکتا گیا اور وہ بھی پلنگ پہ جا کر لیٹ گئی۔

تیسرے پہر ایک رکشا منگوایا گیا اور وہ دونوں بازار جانے کی تیاری کرنے لگے۔ نوجوان نے خواہش ظاہر کی تھی کہ وہ اسے کوئی تحفہ خرید کر دینا چاہتا ہے۔ اُس نے بغیر کسی شرم و حجاب کے صاف صاف کہہ دیا

تھا کہ نسرین بیس روپے تک کی جو چیز چاہے خرید سکتی ہے اس سے زیادہ کی اُسے توفیق نہیں۔

"یہ سچ ہے" اس نے کہا" کہ اتنے کم داموں کی کوئی چیز تمہارے لائق نہیں ہو سکتی۔ مگر میرا جی چاہتا ہے کہ میری کوئی چیز خواہ وہ کتنی ہی حقیر کیوں نہ ہو تمہارے پاس بطور یادگار رہے۔"

اور وہ اس کے ساتھ چلنے پر رضامند ہو گئی تھی۔ پھوپھی کو اجازت دینے میں تامل ہوا تھا۔ مگر ایک تو نسرین خود جانے پر مصر تھی۔ دوسرے نوجوان کے چہرے سے ایسی معصومیت برس رہی تھی کہ کسی بُرے ارادے کا گمان تک نہ ہوتا تھا اور وہ خاموش رہ گئی۔

اور اب نسرین نیلے رنگ کا برقعہ اوڑھے نوجوان کے پہلو میں رکشا میں بیٹھی تھی۔ شہر کی کھلی سڑکوں پر ہزاروں عورتوں، مردوں کے بہتے ہوئے ہجوم میں یہ جوڑا بھی تھا۔ اسے دیکھ کر کسی کو یہ سوچنے تک کی پروا نہ تھی کہ ان کا رشتہ زن و شوہر کے سوا اور بھی کچھ ہو سکتا ہے۔

وہ رکشا سے اُتر کر کئی بازاروں میں سے گزرے۔ کئی دُکانوں میں گئے۔ جب وہ سڑک پر چلتی تو وہ اس کے آگے پیچھے راستہ صاف کرتا، اُسے آنے جانے والی گاڑیوں موٹروں اور ہجوم کی دھکا پیل سے بچاتا یوں اپنی حفاظت میں لے جاتا گویا وہ کوئی بہت مقدس چیز ہے جس کا دامن تک کسی سے چھو جانا اُسے گوارا نہیں۔ جب وہ کسی دُکان میں داخل ہوتے تو وہ اس کی فرمائش کی چیزیں دُکاندار سے منگوا منگوا کر ایسی تکریم سے پیش کرتا کہ دیکھنے والے یہ محسوس کئے بغیر نہ رہ سکتے کہ یہ کوئی نیا جوڑا ہے اور یہ کہ شوہر بیوی کو کمال عشق رکھتا ہے۔

نسرین نے بڑی قیمت کی کوئی ایک چیز نہیں خریدی بلکہ روزمرہ کے استعمال کی کئی چھوٹی چھوٹی چیزیں خریدیں، جن میں سے بعض کی واقعی اُسے ضرورت تھی، مثلاً ایک تو چپلا خریدا۔ ایک ریشمی ازاربند کچھ چھوٹی بڑی سوتیاں، دو تین مختلف رنگوں کے تاگے کی ریلیں۔ کچھ کروشیا کی سلائیاں، ایک فریم، دو تین مختلف غازے اور بس، ان سب چیزوں پر بیس روپے سے کچھ کم ہی خرچ ہوئے۔ ہر ایک چیز خریدنے کے بعد وہ بڑی ادا کے ساتھ پوچھتی "باقی کیا بچا؟"

واپسی پر نوجوان اُسے ایک ریستوران میں لے گیا اور ٹھنڈی اور گرم کئی قسم کی چیزیں منگوائیں اور نسرین کو اپنی مرضی کے خلاف کئی چیزیں کھانی پڑیں۔

جس وقت وہ گھر پہنچے، اچھا خاصا اندھیرا پھیل چکا تھا۔ نسرین کی پھوپھی بڑے اضطراب سے اس کی راہ دیکھ رہی تھی۔ جب وہ صحیح سلامت گھر پہنچ گئے تو اس کی جان میں جان آئی۔

شمن سے کہہ دیا گیا تھا کہ وہ کھانا نہیں کھائیں گے۔ چنانچہ شام سے اوپر کی سیڑھیوں کا دروازہ بند کر دیا گیا۔ نسرین نے پچھلی رات کی طرح پھر کمرے کی ہلکی نیلی روشنی میں کنگھی کرنی شروع کی۔ نوجوان پھر اس کے پاس ہی چاندنی پر لیٹ گیا کچھ دیر دونوں خاموش رہے پھر نوجوان نے کہا۔

"نسرین میں نے تمہیں نجمی کی بہت سی باتیں بتائیں مگر ایک بات نہیں بتائی۔"

نوجوان نے یہ بات ایسے گنبھیر لہجے میں کہی تھی کہ نسرین بے ساختہ کہہ اٹھی:

"وہ کیا؟"

نوجوان کچھ لمحے خاموش رہا اور پھر بولا:

"وہ یہ کہ وہ ـــــ باوفا نہیں تھی۔"

"کیا مطلب؟" نسرین نے اور بھی متعجب ہو کر پوچھا۔

"مطلب یہ ـــ کہ وہ کسی اور کو چاہتی تھی۔"

"جھوٹ ہے۔"

"نہیں میں سچ کہہ رہا ہوں۔"

"اس کا کوئی ثبوت بھی تھا؟"

"مجھے ثبوت مل گیا تھا۔"

"وہ کیا؟"

نوجوان لمحہ بھر کے لئے خاموش رہا۔ پھر بولا:

"اس کے خط۔ میں نے غلطی سے اُس کے نام کا ایک خط کھول لیا تھا۔"

یہ کہتے کہتے نوجوان ایک دم سخت افسردہ ہوگیا اور اس نے گردن جھکا لی۔

"اور تم پھر بھی اُسے چاہتے رہے؟"

"ہاں ——— " بھرائی ہوئی آواز میں نوجوان کے منہ سے نکلا، "اس کے سوا چارہ ہی نہ تھا۔"

کئی لمحے خاموشی رہی جسے توڑنے کی کسی میں خواہش پیدا نہ ہوئی۔

"کیا وہ جانتی تھی کہ تم اُس کے اس راز سے واقف ہو؟" بالآخر نسرین نے پوچھا۔

"نہیں، میں نے آخری دم تک اس پر یہ ظاہر نہ ہونے دیا۔ اس کی موت سے چند منٹ پہلے مجھے ایسا محسوس ہوا جیسے وہ سخت نزع میں ہے اور مجھ سے کچھ کہنا چاہتی ہے۔ مگر میں اس سے آنکھ نہ ملاتا تھا۔ البتہ دلداری اور تشفی کے کلمے برابر میرے منہ سے نکلتے رہے۔ یہاں تک کہ اس نے آخری ہچکی لی اور رخصت ہوگئی۔"

کچھ لمحے پھر خاموشی رہی جس کو خود نوجوان ہی نے توڑا:

"آخر اس پر یہ ظاہر کرنے کا فائدہ بھی کیا تھا؟"

اُس رات پچھلی شب کی بہ نسبت جلد ہی روشنی گل کر دی گئی۔ نوجوان پھر جلد ہی سو گیا۔ مگر نسرین برابر ستاروں کو جھلملاتے دیکھتی رہی۔

پچھلے پہر اچانک نوجوان نے سوتے میں سسکی لی اور پھر تیز تیز سانس لینے شروع کر دیے۔ نسرین نے سر اٹھا کر اس کے چہرے کی طرف دیکھا، کچھ دیر سوچتی رہی پھر جس طرح کوئی بچہ سوتے سوتے ڈر جاتا ہے تو ماں اسے چھاتی سے چمٹا لیتی ہے۔ نسرین نے بھی اسی طرح اس کا سر اپنے بازوؤں میں لے کر اُسے اپنے آغوش میں بھینچ لیا۔

سایہ

دن بھر جیسے جیسے سائے گھٹتے بڑھتے اور زاویے بدلتے رہتے۔ بسحان کی دکان بھی جگہیں بدلتی رہتی۔ صبح کو سورج نکلنے سے پہلے ہی وہ اپنا ٹھیلہ وکیل صاحب کے مکان کے سامنے سڑک کے اُس کنارے لاکھڑا کرتا۔ اُس طرف کوئی عمارت نہ تھی۔ زمین بھوبھل کی طرح تھی، اور تھوڑی سی ڈھلوان کے بعد ایک میدان آتا تھا جس میں پیپل کا ایک پُرانا پیڑ تھا۔ جب سورج وکیل صاحب کے چومنزلے مکان کے پیچھے سے اُبھرتا اور دھوپ دھیرے دھیرے پیپل کی چوٹی سے اُترنی شروع ہوتی اور کوئی دو ڈھائی گھنٹے میں مکان کا احاطہ کرتی، ڈھلوان پر چڑھتی ہوئی سڑک کے کنارے تک پہنچ جاتی تو وہ اپنا ٹھیلہ سڑک کے اس کنارے وکیل صاحب کے مکان کے زینے کے ساتھ ملا کر کھڑا کر دیتا۔ اور یوں اس اونچے مکان کا سایہ دو تین گھنٹے تک اور اسے دھوپ سے بچائے رکھتا۔

لیکن جب سورج عین سر پر آجاتا۔ اور سایہ مختصر ہوتے ہوتے ایک لکیر سی بن کے رہ جاتا۔ تو اُسے ناچار اپنا ٹھیلہ ڈھلوان پر سے دھکیل کر میدان میں پیپل تلے لے جانا پڑتا۔ جہاں وہ دو تین بجے تک ڈیرا جمائے رہتا۔ اس کے بعد سورج ڈھلنا شروع ہوتا تو پیپل کے سائے کے ساتھ ساتھ اس کی دوکان بھی آگے سرکنی شروع ہو جاتی۔ یہاں تک کہ شام ہوتے ہوتے وہ پھر وکیل صاحب کے مکان کے سامنے سڑک کے اسی کنارے پر پہنچ جاتا۔ جہاں زمین بھوبھل کی طرح تھی اور جہاں اُس

نے علی الصباح ٹھیلہ کھڑا کیا تھا۔ خاص طور پر گرمیوں میں اس کی دکان یوں ہی چلتی رہتی تھی۔

وکیل صاحب کا مکان سبحان کو دھوپ ہی سے پناہ نہ دیتا تھا بلکہ اس کی آمدنی کا سب سے بڑا ذریعہ بھی تھا۔ وکیل صاحب ایک وسیع کنبے کے سرپرست تھے۔ ان کا شمار شہر کے مشہور وکیلوں میں ہوتا تھا۔ بڑے بااخلاق، ملنسار اور مہمان نواز۔ جب تک گھر پر رہتے، ملنے والوں کا تانتا لگا رہتا، کچہری جاتے تو پیچھے بیگم صاحب ان کی ہر دلعزیزی کو برقرار رکھتیں۔ ان کی اپنی ملنے والیاں بھی کچھ کم نہ تھیں۔ اس پر وکیل صاحب کے موکلوں کی بیویوں کی مدارات کرنا بھی ان کے فرائض میں داخل تھا چنانچہ سبحان کے ٹھیلے سے سوڈا لیمن کی بوتلوں، برف، پان سگرٹ وغیرہ کی تھاک بندھی رہتی۔

یہ علاقہ شہر کے سرے پر تھا۔ جہاں شہر کی حد ختم ہوجاتی اور کھیتوں کا سلسلہ شروع ہوجاتا۔ اس جگہ مکان خال خال ہی تھے اور کوئی دکان قریب نہ تھی بھلا دو ایک گھروں کے آسرے کون ایک مستقل دکان کا متحمل ہوسکتا۔ رہا سبحان اس کی بات دوسری تھی۔ اول تو اس کے ٹھیلے کا خرچ ہی کیا تھا۔ کرایہ دینا پڑتا تھا نہ بجلی پانی کا بل۔ پھر دنیا میں کوئی رشتہ دار تھا نہ عزیز۔ گھر تھا نہ در۔ اس کی ضروریات زندگی اس قدر مختصر تھیں کہ صرف وکیل صاحب کے مکان کی آمدنی ہی سے پوری ہوجاتی تھیں۔ اور وہ شہر کے چوکوں کے ٹھیلے والوں اور دوسرے دکان داروں کی باہمی چشمکوں سے الگ تھلگ اس سنسان مگر عافیت کی جگہ میں خوش تھا۔

وکیل صاحب نے جب نئی نئی وکالت شروع کی تھی تو انھیں مجبوراً شہر کے ایک بارونق بازار میں رہنا پڑا تھا۔ چھوٹا سا مکان کرایہ حد سے بڑھا ہوا۔ مگر رفتہ رفتہ جب کام چل نکلا اور لوگ ان کو جاننے لگے تو انہوں نے اس نواح میں ایک موکل کی زمین سستے داموں خرید لی۔ یہ زمین ایک عرصے تک یونہی پڑی رہی۔ رفتہ رفتہ جب انہوں نے تعمیر کے لئے روپیہ جمع کرلیا اور اپنے حسب منشا مکان بنوالیا تو وہ اپنے وسیع کنبے کو لے کر اس میں اٹھ آئے ان کے دم قدم سے تھوڑے ہی دنوں

ہیں اس علاقے میں زندگی کے آثار نظر آنے شروع ہو گئے۔ دور دور سے تانگے والے ان کے موکلوں کو لے کر یہاں پہنچنے لگے۔ چونکہ وکیل صاحب خود بھی تانگے ہی میں بیٹھ کر کچہری جایا کرتے تھے۔ اس لئے دو ایک تانگے صبح شام ان کے مکان کے آس پاس کھڑے نظر آنے لگے۔ کبھی کبھی کوئی موٹر بھی تھوڑی دیر کے لئے ان کے مکان کے نیچے رک کر اس نواح کی رونق بڑھا جاتی۔

وکیل صاحب کے گھر کے علاوہ سبحان کی آمدنی کا ذریعہ یوں تو وہ اکا دکا راہ گیر بھی تھے جو شہر سے دیہات یا دیہات سے شہر جاتے ہوئے اس سے دو ایک پیسے کی بیڑیاں، گڑ کی ریوڑیاں یا بھُنے ہوئے چنے خریدنے ٹھہر جاتے۔ مگر ان سے یافت کم اور کوفت زیادہ ہوتی۔ خصوصاً اس وقت جب دیہاتنیں سر اور ٹھوڑی پر دوپٹے کے بل دئے، ناک اور منہ چھپائے اپنی پھڈی جوتیاں گھسیٹ گھسیٹ کر چلتیں تو سڑک پر گرد و غبار کا ایک طوفان سا اٹھ کھڑا ہوتا اور سبحان کو سوڈے کی بوتلوں سے گرد دور کرنے کے لئے پانی کا ایک اور چھینٹا دینا پڑتا۔

ان راہ گیروں سے کہیں زیادہ اس کی بکری تانگے والوں سے ہوتی تھی جو یوں تو کمر کے نیچے سے پھٹا ہوا خاکی پاجامہ پہنے ہوتے۔ مگر قینچی سے کم درجے کا سگرٹ پینا ان کی طبع کو پسند نہ تھا اور جب پیاس لگتی تو پانی کے بجائے برف میں لگے ہوئے لیمن کے ادھے سے ان کی تسکین ہوتی تھی۔

کبھی کبھار ایسا ہوتا کہ جب سبحان دوپہر کی چلچلاتی دھوپ میں لاوارث سانڈوں، کتوں اور بھک منگے لڑکوں کے ساتھ پیپل کے سائے تلے پناہ لے رہا ہوتا اور بکری سے بے نیاز اسٹول پر بیٹھے بیٹھے اونگھنے لگتا تو ایسے میں کوئی دیہاتی برات دولہا دلہن سمیت، پسینے میں شرابور، گلے ماتھے اور کلائیوں پر سستے ریشمی کپڑوں کا رنگ لگا ہوا، پیاس سے ہونٹوں پر پپڑیاں جمی ہوئی اس پیپل تلے سستانے اور پڑاؤ کرنے پر مجبور ہو جاتی اور سبحان کی کئی دنوں کی کسر ایک دن میں نکل جاتی۔

سبحان کو اس علاقے میں ٹھیلہ لگاتے پانچ برس ہو چکے تھے۔ یہی ایک ایسا کام تھا جو اس نے ایک جگہ

جم کر اتنے عرصے تک کیا تھا۔ ورنہ اس کی ساری عمر گھومنے پھرنے میں گذر گئی تھی۔ ابھی وہ دس برس کا بھی نہ ہوا تھا کہ فکر معاش نے اُسے گھر سے نکلنے پر مجبور کر دیا تھا۔ اس نے بچپن اور جوانی میں بیسیوں دھندے کئے تھے۔ آج اس شہر میں تو کل اُس شہر میں۔ کبھی کسی گھر میں اوپر کے کام پر ملازم ہے تو کبھی کسی دفتر میں چپراسی ہے۔ کبھی ریلوے شاپ میں، تو کبھی چھاپے خانے میں۔ کچھ عرصہ فوج میں بھی رہا۔ جب تک ہاتھ پاؤں میں سکت رہی آزاد مزدوری کو ہر کام پر ترجیح دی۔ مگر جب جوانی گذر گئی اور بڑھاپے کے آثار نمودار ہونے شروع ہو گئے تو طبیعت محنت مشقت سے خود بخود بھاگنے لگی۔ آخر اس نے اتنی رقم جمع کر لی کہ ایک ٹھیلہ خرید لے۔ پہلے پہل اس نے پھل اور سبزیاں ٹھیلے پر رکھکر شہر کا چکر لگانا شروع کیا۔ مگر تھوڑے ہی دنوں میں اس کام سے بددل ہو گیا۔ اول تو منڈی کے بھاؤ کو سمجھنا اور مول تول کرنا اس کی سمجھ سے باہر تھا۔ وہ مال کے پرکھنے میں بہت جلد دھوکا کھا جاتا۔ پھر مال نہ بکے تو گل سڑ کر یا باسی ہو کر خراب ہو جاتا۔ اور پھر یہ کہ دوسرے ٹھیلے والوں سے خواہ مخواہ کے جھگڑے ہوتے رہتے تھے۔ اس کے علاوہ دن بھر پولیس والوں کی گھُرکیاں اور جھڑکیاں سہنی پڑتی تھیں۔ چنانچہ اس نے زیادہ منافع کے خیال کو چھوڑ کر پان سگرٹ کی دکان پر اکتفا کی اور شہر کا ایک ایسا الگ تھلگ گوشہ تلاش کر لیا جہاں کسی قدر چین سے زندگی کے دن پورے کر سکے۔

ادھر وکیل صاحب یہ دیکھ کر کہ یہ دکان محض ان کے گھر کے آسرے ہی پر لگائی گئی ہے اس کی سرپرستی کرنا اپنا فرض سمجھنے لگے تھے۔ چنانچہ ماما اور نوکروں کو تاکید تھی کہ سب اسی سے سودا خریدیں اور اگر کچھ نقص نکالنا ہو یا چیزیں مہنگی معلوم ہوں تو ان کو اطلاع دیں۔ مگر بسحان کسی قسم کی شکایت کا موقع ہی نہ آنے دیتا وہ نوکروں سے ہنسی مذاق کی باتیں کر کے اور ایک آدھ پان یا بیڑی مفت کھلا پلا کے ہمیشہ انھیں خوش رکھنے کی کوشش کیا کرتا۔

یوں بھی وہ ہنس مکھ اور طبیعت کا نیک تھا۔ لگائی بجھائی کی عادت نہ تھی۔ اس لئے سب سے خوب

بختی بھی بٹیلہ لگانے کے ساتھ ہی اس نے ڈاڑھی رکھ لی تھی لبیں کتروانے لگا تھا۔خشخشی ڈاڑھی تنکوں کی بنی ہوئی مخروطی وضع کی ایک ہلکی پھلکی ٹوپی ہر وقت سر پر رہا کرتی۔ چارخانہ تہمد ، گاڑھے کا کرتا۔ اس پر خاکی زین کا کوٹ۔ اپنی اس وضع سے وہ خاصا دین دار معلوم ہوتا تھا۔ حالانکہ صوم وصلوٰۃ سے اسے کوئی واسطہ نہ تھا۔

ان پانچ برس میں جو اس نے وکیل صاحب کے مکان کے سائے میں گزارے تھے وہ ان کے خاندان کے بہت سے حالات سے آگاہ ہو گیا تھا۔ اسے ایک ایک فرد کے عادات و اطوار کا علم تھا۔ یہاں تک کہ پردے میں رہنے والی عورتوں کا ناک نقشہ ان کی سیرت اور سبھاؤ بھی اس سے چھپا ہوا نہ تھا۔ وہ جانتا تھا کہ بیگم صاحبہ کے سارے بچے ایک ہی چھاتی کا دودھ پی کر پلے ہیں۔ کیونکہ دوسری چھاتی میں دودھ نہیں اترتا وہ جانتا تھا کہ منجھلی صاحبزادی سب بہن بھائیوں سے زیادہ غصیلی ہے۔ وہ جانتا تھا کہ وکیل صاحب کے والد ماجد میر صاحب بڑے قصاب تھے مگر بیٹے کے کہنے پر انہوں نے وہ پیشہ چھوڑ دیا تھا۔ غرض کئی ایسی باتیں جن کا وکیل صاحب کے بہت سے ملنے والوں کو سان گمان بھی نہ ہو سکتا تھا۔

اسی طرح اسے مکان کے ایک ایک حصے اور اس کی آرائش کا حال بھی معلوم تھا۔ حالانکہ گھر تو گھر اس نے کبھی سیڑھیوں میں بھی قدم نہ رکھا تھا۔ وہ جانتا تھا کہ کس کمرے میں کون رہتا ہے۔ وکیل صاحب کا دیوان خانہ کہاں ہے بیگم صاحب ملنے والیوں سے کہاں ملاقات کرتی ہیں۔ بڑی صاحبزادیاں اور صاحبزادے رات کو کہاں سوتے ہیں۔ ہارمونیم کون بجاتا ہے۔ وہ پرانا بڑا کلاک جس کا گھنٹہ رات کو پچھلے پہر کے سناٹے میں سنائی دیا کرتا ہے کس کمرے میں ہے۔ باورچی خانہ کس منزل پر ہے اور بوڑھے میر صاحب اور نوکر چاکر کس طرح رہتے سہتے ہیں۔

یہ باتیں اسے کچھ تو بچوں کے بھولے پن سے، کچھ نوکروں کی بے احتیاطی سے اور کچھ خود اپنی ٹوہ لگانے کی عادت سے معلوم ہو گئی تھیں۔ لیکن انھیں معلوم کرنے میں کسی بُری نیت کو دخل نہ تھا۔ بس اسے انسانی ہمدردی کہہ لیجئے یا دل بہلاوے کی ایک صورت۔ آخر زندگی میں کچھ لگاؤ تو ہونا ہی چاہیئے تھا۔ ورنہ اس ویرانے

میں ایک ایسے شخص کا جس کے آگے پیچھے کوئی نہ ہو، دن گزارنا اجیرن ہو جاتا۔

اس پانچ سال کے عرصے میں سبحان کے سامنے وکیل صاحب کے خاندان میں دو نئے رکنوں کا اضافہ ہوا تھا۔ ایک صاحبزادہ، ایک صاحبزادی۔ ان سے پہلے جو صاحبزادے کئی گودوں میں رہتے تھے۔ وہ اب بہن کی انگلی پکڑے سبحان کی دکان سے اپنے لئے مٹھائی کی گولیاں لینے خود آنے لگے تھے ان کے لئے ابھی پاجامہ پہننا ضروری نہیں سمجھا گیا تھا۔

ان بہن بھائیوں سے دو بڑے صاحبزادے علی الصباح سب سے پہلے مکان سے نکلتے۔ ایک کی عمر نو برس، دوسرے کی گیارہ برس، ایک ہی طرح کے کوٹ، ایک ہی طرح کی ٹوپیاں۔ ایک ہی طرح کے بستے۔ اسکول روانہ ہونے سے پہلے وہ سبحان سے دو دو پیسے کی چوسنے والی سنگترے کی پھانکیں خریدتے۔ سبحان سب سے پہلے ان ہی کی بوہنی کیا کرتا۔ جس دن انھیں آنے میں دیر ہو جاتی۔ وہ سمجھ جاتا کہ آج سکول میں چھٹی ہے۔ وہ ان کے لئے ہمیشہ بڑھیا سے بڑھیا سنگترے کی پھانکیں اور دوسری انگریزی مٹھائیاں لایا کرتا۔ اور نفع کا خیال کئے بغیر ہمیشہ گنتی سے زیادہ دیا کرتا۔

کبھی کبھی وہ چھوٹے بھائی سے کہتا:

"افضل میاں اسکول سے دیر ہو گئی ہے نا، دیکھنا آج کیسے کان اینٹھیں گے ماسٹر صاحب!"

اور افضل میاں اس کے سانولے رنگ کو گھور کر کہتے:

"چپ رہو تم کالا آدمی۔ ہم تم سے بات کرنا نہیں مانگتا۔" اور وہ دونوں ہنستے ہوئے وہاں سے چل دیتے۔

ایک دن صبح کو بڑا بھائی آیا لیکن چھوٹا نہ آیا۔ جب اس نے پھانکیں خریدنے کے لئے جیب سے پیسے نکالے تو سبحان نے پوچھا:

"افضل میاں کہاں ہیں؟"

"وہ ماموں کے ساتھ گاؤں گیا ہے۔" لڑکے نے جواب دیا اور وہ اکیلا ہی اسکول روانہ ہو گیا۔

جب چار پانچ روز تک سبحان نے افضل کی صورت نہ دیکھی تو اسے بے چینی سی ہونے لگی۔ آخر چھٹے روز جب دونوں بھائی پہلے کی طرح اسکول جاتے ہوئے اس کی دکان پر آئے تو اسے ایسا محسوس ہوا جیسے کوئی کھوئی ہوئی چیز مل گئی۔

ان لڑکوں کے جانے کے کوئی گھنٹہ بھر بعد ایک خالی تانگہ مکان کے نیچے آکر رکتا۔ اور کوچوان گھنٹی بجاتا۔ سبحان سمجھ جاتا کہ اب صاحبزادیوں کے اسکول جانے کی باری ہے۔ جب انھیں تننے میں کچھ دیر ہو جاتی تو کوچوان بے صبری سے پے در پے گھنٹی بجانا شروع کر دیتا۔ اس پر پہلی منزل کے بجار چے میں سے بوڑھی ماماچی کو سر کاکر اپنا سر باہر نکالتی اور تانگے والے سے کہتی:

"دم لو میاں آتے ہیں ابھی آتنے ہیں۔"

یہ سن کر تانگے والا بڑبڑاتا ہوا تانگے سے اتر کر سبحان کے ٹھیلے کے پاس جاتا اور اس سے قینچی کے دو سگریٹ خریدتا اور سونف ملیٹھی والا پان بنوا کر کھاتا۔ آخر وکیل صاحب کی تینوں بڑی صاحبزادیاں ماما کے ہمراہ سیڑھیوں سے اترتیں۔ بڑی کی عمر اٹھارہ۔ منجھلی کی سولہ اور چھوٹی کی تیرہ برس۔ تینوں کے مصری وضع کے برقعے، ایک کتھئی رنگ کا، ایک سیاہ رنگ کا اور ایک سلیٹی رنگ کا تینوں کے پاؤں میں سینڈل۔ دو بڑی بہنیں تانگے کی پچھلی سیٹ پر بیٹھتیں۔ اور چھوٹی بہن اور ماما اگلی سیٹ پر اور تانگے والا ایک بڑی سی سفید چادر تانگے کے آگے پیچھے تان دیتا۔ ماما سیر بھر برف کا چورا کر کے تھرمس بوتل میں بھروا لیتی۔ وہ اپنے لئے سبحان سے ایک برابر کا پان بھی بنواتی جس میں وہ بہت سا کارا تمباکو ڈلوایا کرتی۔ کبھی کبھی منجھلی صاحبزادی کو بدہضمی کی شکایت ہوتی تو وہ سوڈے کا ایک ادھا ماما سے منگوا کر پیا کرتی اور تانگہ چل دیتا۔

اس کے تھوڑی ہی دیر بعد مختار اور شمشاد وکیل صاحب کے بڑے صاحبزادے موسم گرما کے ہلکے

پھلکے کپڑے پہنے، اپنی اپنی سائیکل کندھے پر اٹھائے سیڑھیوں سے اُترتے دکھائی دیتے۔ وہ سڑک کو پار کرکے سبحان کے ٹھیلے کے پاس آکھڑے ہوتے۔ سبحان انھیں سلام کرتا جس کا وہ خندہ پیشانی سے جواب دیتے۔ مگر وہ دونوں ہر وقت ایسی گرماگرم بحث میں اُلجھے رہتے کہ سبحان باوجود کوشش کے ان سے کوئی بات نہ کرپاتا۔ پھر ان کی باتیں بھی عموماً ایسی ہوتیں کہ سبحان کے کچھ بھی پلے نہ پڑتا۔ ان کے جوش وخروش تیز لہجے اور آنکھوں کی چمک کو دیکھ کر معلوم ہوتا کہ وہ کسی بہت ہی دقیق مسئلے پر بحث کر رہے ہیں۔ گفتگو کا جتنا حصہ سبحان کی سمجھ میں آتا وہ کچھ اس قسم کا ہوتا:

"شمی تمہاری عقل کو کیا ہوگیا ہے بھلا افلاطون......"

"لیکن بھائی جان آپ بھی تو ذرا غور فرمائیے کہ ارسطو......"

"شمی میں کہتا ہوں کہ تم کیسی بچّوں کی سی باتیں کر رہے ہو۔ مانا کہ...."

"وہ تو صحیح ہے لیکن بھائی جان ان دلائل کی روشنی میں......"

"یہ سراسر ہٹ ہے تمہاری شمی۔"

"بھائی جان لیکن پروفیسر صاحب....."

"شمی......"

"بھائی جان...."

"شمی...."

"بھائی جان....."

غرض کالج کو جاتے۔ کالج سے آتے۔ ہاکی کھیلنے جاتے۔ ہاکی کھیل کر آتے۔ جب کبھی دونوں بھائی ساتھ ساتھ ہوتے یہ بحث یوں ہی جاری رہتی۔ کبھی کبھی وہ انگریزی میں بھی گفتگو کرنے لگتے۔ پھر تو ان کا جوش وخروش اور بھی بڑھ جاتا۔ ایسے موقعوں پر سبحان نیچی نظریں کرکے مسکرایا کرتا۔

مختار بائیس سالہ نوجوان تھا صحت و توانائی کا مجسمہ۔ بھرا بھرا جسم۔ سرخ و سفید چہرہ، شربتی رنگ کی آنکھیں۔ بھورے گھنگھریالے بال۔ شمشاد اس سے دو سال چھوٹا تھا۔ مگر اس کے باوجود اس کا قد بڑے بھائی سے نکلتا ہوا تھا۔ ظاہری جمال میں وہ مختار کے برابر نہ تھا۔ البتہ اپنی آنکھوں کی غیر معمولی چمک سے وہ اس سے کہیں زیادہ ذہین معلوم ہوتا تھا اور سبحان نے بارہا یہ محسوس کیا کہ مختار بحث میں اپنے بڑے ہونے کا ناجائز فائدہ اُٹھا کر خواہ مخواہ چھوٹے بھائی کو ڈانٹتا ڈپٹتا ہے اور یہ شمشاد کی سعادت مندی ہے کہ وہ ہمیشہ بڑے بھائی کا احترام ملحوظ رکھتا ہے۔

سبحان ان کے لئے حسب معمول دو گراہے دیسی پان چن کر نکالتا اور اُن پر چونا کم اور کتھا زیادہ لگا کے رچنے کے لئے رکھ دیتا۔ وہ اپنی بحث کے دوران میں اس سے جھاڑن مانگتے اور بائیسکلوں کو بھی جھاڑتے پونچھتے جاتے اور ساتھ ساتھ بحث بھی کرتے رہتے۔ کبھی کسی پہیے میں ہوا کم ہوتی۔ تو وہیں سے ملازم لڑکے شبیر کو آواز دے کر پمپ منگوایا جاتا۔ اور پہیے میں ہوا بھری جاتی۔ مگر اب بھی کیا مجال کہ بحث لمحہ بھر کے لئے بھی رُکنے پائے۔ سبحان پانوں کے علاوہ سگرٹ کی دو ڈبیوں میں قینچی کے پانچ پانچ سگرٹ پہلے ہی سے ڈال رکھتا اور وہ اپنا اپنا پان منہ میں رکھ سگرٹ سُلگا، بائیسکلوں پر سوار ہو تیز تیز پیر مارتے ہوئے کالج روانہ ہو جاتے۔ مگر بحث بدستور جاری رہتی۔

کوئی دس بجے کے قریب ایک اور خالی تانگہ مکان کے نیچے آکر رکتا اور سبحان کو معلوم ہو جاتا کہ وکیل صاحب کے کچہری جانے کا وقت ہو گیا۔ اس وقت اس کا ٹھیلہ وکیل صاحب کے مکان کی سیڑھیوں کے برابر کھڑا ہوتا وہ پہلے ہی سے ایک اچھا سا پان چھانٹ کر لگا رکھتا۔ آخر سیڑھیوں میں بھاری قدموں کی آہٹ سنائی دیتی اور وکیل صاحب سیاہ شیروانی پہنے، سر پر شہدی پگڑی باندھے، چھڑی ٹیکتے ہوئے سیڑھیوں سے اُترتے۔ ان کی عمر پچاس برس کے لگ بھگ تھی۔ بھاری بھرکم آدمی تھے مگر چاق چوبند، فرانسیسی تراش کی ڈاڑھی جس میں اب کچھ دنوں سے سفید بال زیادہ نظر آنے لگے تھے چہرے

سے قناعت اور بردباری ٹپکتی تھی۔ کثرت اولاد کی وجہ سے ہر ایک کو شفقت کی نظروں سے دیکھنے کی عادت پڑگئی تھی۔ بسحان کے سلام کے جواب میں وہ اس سے ایک آدھ بات کرلینا خواہ وہ بے معنی ہی کیوں نہ ہو، اپنا اخلاقی فرض سمجھتے تھے۔

"بھئی سبحان آج کل خربوزے بڑے پھیکے آرہے ہیں۔"

"آم بھی تو کھٹے ہیں سرکار۔"

"سچ کہتے ہو۔" یہ کہہ کر تانگے میں بیٹھ جاتے۔ اور سبحان معمول کے مطابق پان قینچی کی ڈبیا، دیا سلائی کا بکس اور ایک کاغذ کے ٹکڑے پر تھوڑا سا چونا رکھ کر وہ زیادہ چونا کھانے کے عادی تھے۔ تانگے کے پاس جا یہ چیزیں انھیں دے دیتا۔ کبھی کبھی ان کا مختار بھی فائلیں لئے ان کے ہمراہ ہوتا اور سبحان کو اس کے لئے پان میں بہت سی سونف ڈالنی پڑتی۔

وہ وکیل صاحب اور ان کی بیگم کے بہت سے ملنے والوں کو بھی جاننے لگا تھا۔ اسے معلوم تھا کہ بدھ کے روز تیسرے پہر حاجی صاحب کے ہاں سے زنانہ سواریاں آیا کرتی ہیں۔ چنانچہ جیسے ہی ان کا تانگہ آکے رُکتا وہ لائم جوس، اورنج سکوائش، لیمن، رس بھری وغیرہ کی بوتلیں پہلے ہی سے دھو دھا کر نکال رکھتا۔ ان سواریوں کے ساتھ جو بچے آتے ان کی دل پسند مٹھائیوں کا بھی اُسے پتہ تھا۔

اتوار کے روز عموماً ڈاکٹر علیم الدین یا خیر اللہ چاٹنا والے کے خاندان آیا کرتے، مؤخر الذکر وکیل صاحب کے دور کے قرابت داروں میں سے تھے اور ان ہی کی طرح کثیر الاولاد۔ قریب کے رشتہ داروں میں جو کبھی کبھی ملنے آجاتے۔ اور جن کو سبحان اچھی طرح جانتا تھا۔ ایک تو بیگم صاحبہ کا چھوٹا بھائی تھا۔ جس کی بزازی کی دُکان تھی۔ جب کبھی وہ آتا کپڑے کا ایک آدھ تھان اس کی بغل میں ہوتا۔ یہ تھان کبھی تو وکیل صاحب کے ہاں ہی رہ جاتا اور کبھی وہ واپس اپنے ساتھ لے جاتا۔ اور دوسرے وکیل صاحب کے تایا جو بے حد ضعیف تھے اور اپنے بیٹے کے ساتھ شہر کے دوسرے سرے پر رہا کرتے تھے۔ جب کبھی یہ

باپ بیٹے ملنے آتے تو دن بھران کے گھر ہی پر رہتے۔ اور رات کو بڑی دیر میں کھانا کھاکر جاتے۔

وہ مختار اور شمشاد کے بعض دوستوں کو بھی جانتا تھا جو اُن سے ملنے آیا کرتے تھے خصوصاً ریاض کو۔ شام کو جب وہ ہاکی کھیل کر واپس آتے تو اکثر ریاض بھی سائیکل پر اُن کے ہمراہ ہوتا۔ وہ شمشاد کا ہم عمر اور کالج میں اس کا ہم سبق تھا۔ مختار سے اس کی زیادہ بے تکلّفی نہ تھی، وہ چونکہ شمشاد کا بڑا بھائی تھا۔ اس لئے ریاض بھی اس کا ادب کیا کرتا تھا۔ ریاض ان دونوں بھائیوں سے قد میں چھوٹا تھا اور رنگت بھی ان جیسی سُرخ و سفید نہ تھی۔ تاہم اس کی ملاحت میں ایک خاص بانکپن تھا۔ متبسم چہرہ، زندگی کی مسرتوں سے بھرپور اور فکروں سے آزاد۔ شمشاد کو اس سے اور اس کو شمشاد سے گہری وابستگی تھی۔

سبحان کے ٹھیلے کے قریب جو اس وقت وکیل صاحب کے مکان کے عین مقابل سڑک کے کنارے کنارے ہوتا۔ یہ تینوں نوجوان اپنی اپنی بائیسکل تھامے رخصت سے پہلے کچھ باتیں ضرور کرتے۔ جب کبھی ریاض ان بھائیوں کی بحث میں شامل ہو جاتا۔ پھر تو بحث طول ہی کھینچتی چلی جاتی۔ سبحان سے بار بار پان اور سگریٹ لئے جاتے۔ ریاض بار بار خدا حافظ کہتا۔ مگر رخصت نہ ہونے پاتا۔ غرض گھنٹہ گھنٹہ ڈیڑھ ڈیڑھ گھنٹہ یوں ہی باتوں میں گذر جاتا۔ اس دوران میں وکیل صاحب کے مکان کی دوسری منزل میں جہاں بڑی صاحبزادی کا کمرہ تھا۔ بار بار ایک رنگین سایہ چقوں کے پیچھے حرکت کرتا رہتا، جسے سبحان کی کن انکھیوں کے سوا اور کوئی آنکھ نہ دیکھ سکتی۔

وکیل صاحب کے صاحبزادوں اور صاحبزادیوں سے رشتے کے سلسلے میں جو لوگ آیا کرتے سبحان ان کو بھی خوب پہچانتا تھا۔ ایسے موقعوں پر اس کی بکری ایک دم بڑھ جاتی اور گھر کے ملازموں اور بوڑھی ماما کے ساتھ ساتھ وکیل صاحب کے چھوٹے لڑکے اور لڑکیاں بھی دوڑ دوڑ کر سبحان کی دکان پر سودا لینے آیا کرتے ان لوگوں کے جانے کے تھوڑی ہی دیر بعد سبحان کو وہ لگتا کہ کہیں بات پکّی ہوئی یا

نہیں وہ شبیر سے ہنس کر کہتا:

"پانچوں گھی میں ہوں گی اور سر کڑھائی میں۔"

شبیر حیران ہو کر پوچھتا:

"کیا کہا تم نے؟"

"زیادہ بنو نہیں۔ ہم سے سب خبر ہے ہمیں۔"

شبیر اب بھی لاعلمی ظاہر کرتا تو وہ سمجھ جاتا کہ اس کو واقعی خبر نہیں۔ اور پھر وہ ماما کی طرف رجوع کرتا جس سے اسے اکثر باتیں معلوم ہو جایا کرتی تھیں۔ بڑی بی وکیل صاحب کی سب سے پرانی ملازمہ تھیں۔ ان کے سامنے بچے ان ہی کی گود میں پلے بڑھے تھے۔ ان کی اپنی کوئی اولاد نہ تھی۔ نہ کوئی رشتہ دار تھا۔ ان بچوں سے انہیں دلی محبت تھی اور اس کی بنا پر وہ ان کے مستقبل کے بارے میں رائے زنی کرنا اپنا حق سمجھتی تھیں۔ چنانچہ محبت اور سادگی میں ان کی زبان سے بے ساختہ نکل جاتا۔

"کوئی جوان لوگوں میں رشتہ ہو مجھے تو یہ ایک آنکھ نہیں بھاتے" پھر ذرا تامل کر کے کہتیں:

"گھبراؤ نہیں۔ وہ دن بھی آ جائے گا۔ چاند سی بیٹیاں ہیں میری۔"

اور سبحان سمجھ جاتا کہ ان لوگوں سے بات نہیں ٹھیری۔ یوں ہی کسی موقع پر افضل میاں سے کہتا:

"شہ بالا بنے گا میرا میاں۔ ہم کو بھی گھوڑی پر چڑھاؤ گے نا؟"

اگر اس قسم کی کوئی بات گھر میں ہوئی ہوتی تو افضل میاں شرما کر چل دیتے یا معلوم نہ ہوتا تو کہتے:

"چپ رہو تم کالا آدمی۔ ہم تم سے بات کرنا نہیں مانگتا"

ایک دن ایسے ہی موقع پر جب کچھ عورتیں آئی ہوئی تھیں، بڑی بی پان لینے آئیں ان کا سانس پھولا ہوا تھا مگر وہ بہت خوش معلوم ہوتی تھیں۔ سبحان نے ان کی طرف سوالیہ نظروں سے دیکھا ہی تھا کہ وہ پھوٹ پڑیں:

"کسی سے ذکر وکر نہ کیجیو خبردار۔ بڑی صاحبزادی کی بات ٹھہر گئی۔"

"کب؟"

"ابھی ابھی"

"کون لوگ ہیں؟"

"شہر کے مشہور ڈاکٹر ہیں۔ لڑکا بی۔ اے میں پڑھتا ہے۔ پر خبردار کسی سے ذکر نہ کر بیٹھیو۔ سو دشمن ہیں، سو دوست۔ میں نے گھر کا آدمی سمجھ کے تم سے کہہ دیا ہے تم کسی سے نہ کہنا۔ بچوں سے بھی نہیں نوکروں سے بھی نہیں۔۔۔۔۔۔"

اس کے دو تین ہی دن بعد سبحان نے کئی اور ذریعوں سے بڑی بی کی بات کی تصدیق کر لی۔ سمدھیوں میں میل جول بڑھنے لگا۔ عورتیں تو آتی جاتی ہی رہتی تھیں۔ ایک بار لڑکے کے والد ڈاکٹر صاحب بھی اپنی موٹر میں بیٹھ کے وکیل صاحب سے ملنے آئے اور دیر تک ان سے باتیں کرتے رہے۔ دوسری مرتبہ ضیافت پر آئے۔ اس موقع پر ان کا بیٹا بھی ان کے ہمراہ تھا وہ خاصا قبول صورت تھا۔ مگر کسی قدر لاغر معلوم ہوتا تھا بڑی بی نے کہا "امتحان کی فکر ہے بچارے کو۔" سبحان کو اس کا نام بھی معلوم ہو گیا صغیر احمد۔ قرار یہ پایا کہ جب لڑکا امتحان دے لیگا تو اس کی شادی کر دی جائے گی۔

بڑی صاحبزادی کے جہیز کے لئے جلدی جلدی جو زیورات و ملبوسات تیار کرائے جا رہے تھے سبحان ان کی پوری تفصیل جانتا تھا۔ اس دوران میں شمشاد میاں کے دوست ریاض بھی کئی مرتبہ ہاکی کے بعد ان دونوں بھائیوں کو ان کے گھر تک پہنچانے آئے اور سبحان نے دیکھا کہ دوسری منزل میں چقوں کے پیچھے وہ رنگین سایہ اب بھی حرکت کرتا ہے۔

اور ایک دن اچانک سبحان کے ذہن میں ایک بات آئی۔ کہیں ایسا تو نہیں کہ صاحبزادی کو یہ رشتہ منظور نہ ہو! یہ بات اُسے کسی نے نہیں سجھائی تھی۔ اور سجھاتا بھی تو کون۔ کیونکہ وکیل صاحب

یا گھر کے کسی اور آدمی کو اس کا گمان تک نہ تھا۔ اُس نے مختلف ذریعوں سے اس کے متعلق معلومات حاصل کر کے خود ہی یہ نتیجہ نکالا تھا۔ آخر اس نے بھی ایک عمر گذاری تھی۔ زمانے کا سرد و گرم دیکھا تھا۔ دو تین مرتبہ بڑی بی اور بچوں سے اسے معلوم ہوا تھا کہ صاحبزادی کی طبیعت ناساز ہے ایک دن دیکھا کہ تانگے میں سوار ہوتے وقت وہ بڑی بے دلی سے قدم اُٹھا رہی ہے۔ ایک دن وہ اپنی بہنوں کے ساتھ اسکول نہیں گئی۔ بلکہ دردِ سر کی وجہ سے گھر ہی میں رہی۔ مگر اسی شام کو جب مختار اور شمشاد کے ساتھ ریاض میاں سبحان کی دُکان پر آئے اور سڑک کے کنارے کھڑے ہو کر باتیں کرنے لگے تو اس نے دوسری منزل میں چقوں کے پیچھے اس رنگین سائے کو پہلے سے بھی زیادہ بے چین دیکھا۔

ایسے معاملوں میں دِل پر جو گزرتی ہے۔ سبحان اس سے بخوبی واقف تھا مدت ہوئی جوانی میں وہ ایک پہاڑی مقام پر رکشا چلایا کرتا تھا تو اسے ایک عورت سے محبت ہو گئی تھی۔ دن بھر جو کچھ کماتا لا کر اُس کے حوالے کر دیتا۔ مگر اس عورت کے کچھ اور آشنا بھی تھے جن سے وہ چھپ چھپ کے ملا کرتی ایک دن سبحان نے موقع پر جا لیا۔ چٹیا پکڑ کھینچتا ہوا اپنی کوٹھری میں لے آیا۔ اور شراب کے نشے میں کچھ زیادہ ہی مرمت کر ڈالی۔ صبح کو آنکھ کھلی تو کوٹھری خالی تھی اور باہر آنگن میں اس کا رکھشا جلا پڑا تھا سبحان مدتوں اس عورت کو ڈھونڈا کیا۔ مگر اس کی صورت پھر کبھی نظر نہ آئی۔ اور نہ اس کی یاد دل سے مٹی۔

شادی کی تیاریاں اب اور بھی زور شور سے ہونے لگی تھیں۔ وکیل صاحب کے گھر میں ہر وقت ایک شور و غل مچا رہتا۔ طرح طرح کی اجناس ٹھیلوں میں لد لد کے آ رہی تھیں۔ قسم قسم کا فرنیچر، انگھلا میز پلنگ، کرسیاں، تپائیاں، تانبے اور پیتل کے برتن جنہیں قلعی گر نے چاندی کا سا بنا دیا تھا۔ مہمانوں کی وہ ریل پیل تھی کہ سبحان کو دکانداری سے لمحہ بھر کی فرصت نہ ملتی تھی۔ مگر پھر بھی وہ خوش نہ تھا جوں جوں شادی کا دن قریب آتا جاتا اُس کی افسردگی بڑھتی جاتی تھی اور اسے ایک نامعلوم ہول سا ہونے لگا

تھا۔ وکیل صاحب اس سے اور بھی زیادہ لطف و مہربانی سے پیش آنے لگے تھے۔ ایک دن وہ اس سے کہنے لگے :

"سبحان ہم تمہارے لئے بھی ایک جوڑا سلوائیں گے۔ برات کے روز پہننا۔ دیکھنا انکار نہ کرنا ہمسائے کا رشتہ عزیزوں سے کم نہیں ہوتا۔"

سبحان نے وکیل صاحب کے بچّوں کو دعائیں دیں۔ مگر یہ مژدہ بھی اس کی افسردگی کو دور نہ کر سکا۔

ایک دن علی الصباح سبحان نے ابھی ٹھیلہ سڑک کے کنارے لا کے کھڑا کیا ہی تھا کہ دیکھا شمشاد کندھے پہ بائیسکل اٹھائے جلد جلد سیڑھیوں سے اُتر رہا ہے اُس نے صرف بنیان اور نیکر پہن رکھا تھا اور ابھی ڈاڑھی بھی نہیں مونڈی تھی

"کہئے شمشاد میاں صبح صبح کدھر کی تیاری ہے ؟" سبحان نے پوچھا۔

"کہیں نہیں، ذرا ڈاکٹر کو بلانے جا رہا ہوں۔" شمشاد نے جواب دیا۔

"خیر تو ہے ؟" سبحان نے فکرمندی سے پوچھا۔

"ہاں خیر ہی ہے۔" یہ کہہ کر شمشاد بائیسکل پر تیز تیز پاؤں مارتا ہوا چل دیا۔

سبحان کا ماتھا ٹھنکا اور وہ بے تابی کے ساتھ گھر کے اور لوگوں کی راہ دیکھنے لگا تاکہ معلوم کرے کون بیمار ہے۔ جب وکیل صاحب کے دونوں چھوٹے صاحبزادے اسکول جانے کے لئے گھر سے نکلے تو ان سے معلوم ہوا کہ رات بڑی باجی کی طبیعت اچانک خراب ہو گئی۔

تھوڑی دیر بعد ایک موٹر وکیل صاحب کے مکان کے نیچے رکی اور ڈاکٹر ہاتھ میں بیگ لئے اوپر گیا۔ کوئی دس منٹ کے بعد وہ نیچے اترا سبحان اپنا ٹھیلہ چھوڑ اس کے پاس آ گیا مگر اس سے کچھ پوچھنے کی اُسے جرأت نہ ہو سکی اور وہ اور بھی زیادہ بے تابی کے ساتھ بڑی بی یا شبیر کا انتظار کرنے لگا۔

اس کے کچھ ہی دیر بعد وہ تانگہ آیا جس میں بیٹھ کر لڑکیاں اسکول جایا کرتی تھیں مگر بڑی بی نے اُسے اوپر ہی سے "آج نہیں چاہیئے" کہہ کر لوٹا دیا۔ کوئی گھنٹہ بھر کے بعد شبیر برف لینے آیا تو اس سے معلوم ہوا کہ بڑی صاحبزادی کو سرسام ہوگیا ہے مگر زیادہ فکر کی بات نہیں۔ ڈاکٹر دو گھنٹے بعد پھر آئے گا۔

دو گھنٹے بعد ڈاکٹر پھر آیا اور جب وہ جانے لگا تو سبحان پھر اس کے قریب آ کھڑا ہوا۔ اس کے لب ہلے مگر سوال کرنے کی اب کے بھی اسے جرأت نہ ہوئی۔ اس دفعہ بڑی بی پان لینے آئیں تو ان سے معلوم ہوا کہ حالت میں کچھ فرق نہیں ہے۔ ڈاکٹر شام کو پھر آنے کو کہہ گیا ہے۔

اس روز وکیل صاحب کچہری نہیں گئے۔ تیسرے پہر لڑکی کا ہونے والا خسر جو خود بھی ڈاکٹر تھا اسے دیکھنے آیا اور ایک گھنٹہ تک اس کے پاس رہا۔ اور جو لوگ اس کی خبر کو آتے انہیں جلد ہی رخصت کر دیا گیا۔ دن بھر مکان پر ایک مقبرے کی سی خاموشی طاری رہی۔

شمشاد اور مختار کالج سے جلد واپس آ گئے تھے۔ شام کو وہ ہاکی کھیلنے نہیں گئے۔ ریاض شمشاد سے ملنے آیا۔ سبحان کے ٹھیلے کے قریب جب شمشاد اس سے اپنی بہن کا حال بیان کر رہا تھا تو سبحان نے سنا کہ اس کے مرض میں ابھی افاقہ نہیں ہوا۔ دونوں ڈاکٹر کہتے ہیں کہ اگر آج کی رات خیریت سے گذر گئی تو پھر کوئی اندیشہ نہیں۔

جس وقت وہ باتیں کر رہے تھے تو سبحان کی نظر بے اختیار دوسری منزل پر چقوں کی طرف اُٹھ گئی۔ کمرے میں روشنی ہو رہی تھی مگر وہ سایہ نظر نہیں آیا۔

تھوڑی دیر میں ریاض رخصت ہو گیا۔

شمشاد نے گھر جاتے ہوئے سبحان سے کہا "برف اور لا رکھنا۔ شاید رات کو ضرورت پڑ جائے۔"

"فکر نہ کیجیے۔ میں نے من بھر برف پہلے ہی سے منگوا رکھی ہے۔"

سبحان رات کو عموماً نو بجے دکان بڑھایا کرتا تھا، مگر اس رات اس نے گیارہ بجے تک جمائے رکھی۔ اس دوران میں وہ ملازموں سے برابر بچے کی خیریت معلوم کرتا رہا۔ اس کی حالت اگر سدھری نہیں تھی تو زیادہ بُری بھی نہیں ہونے پائی تھی۔

آدھی رات کے قریب وہ ٹھیلے کو بند کر کے حسبِ معمول اس کے قریب ہی سڑک کے کنارے چارپائی ڈال لیٹ رہا۔ مگر آنکھوں میں نیند غائب تھی۔ کان وکیل صاحب کے مکان کی طرف لگے ہوئے تھے۔ صبح کو تین بجے کے قریب جب وہ ذرا اونگھنے لگا تو اچانک ایک طرف سے کتے کے بھونکنے کی آواز آئی اور وہ ہڑبڑا کر اٹھ بیٹھا اور وکیل صاحب کے مکان کی سیڑھیوں کی طرف بھاگا۔ مگر گھر میں بدستور خاموشی تھی۔

اُس نے پتھر مار کر کتے کو بھگا دیا +

سُرخ جلوس

یہ اُن دنوں کا قصہ ہے جب میں نے "نو بہار" کے چیف ایڈیٹر سے ایک معمولی سا اختلاف ہو جانے پر جوانی کے جوش میں استعفا دے دیا تھا۔ اور پھر رفتہ رفتہ فکر معاش نے مجھے "ستارۂ مشرق" میں ملازمت کرنے پر مجبور کر دیا تھا۔

"ستارۂ مشرق" کسی رسالہ یا اخبار کا نام نہیں بلکہ یہ ایک ہوٹل تھا۔ جس میں زیادہ تر مغربی ممالک کے سیاح آکر ٹھہرتے تھے۔ اس کا مالک بمبئی کا ایک سیٹھ تھا۔ جس نے اس کا انتظام ایک انگریز منیجر کو سونپ رکھا تھا۔ میں ملازم تو ایک کلرک کی حیثیت سے ہوا تھا مگر میرا کام اور استعداد دیکھ کر سیٹھ نے جلد ہی مجھے ہوٹل کا اسسٹنٹ منیجر بنا دیا۔ میری ترقی کی ایک وجہ یہ بھی ہوئی کہ سیٹھ کو انگریز منیجر پر اعتماد نہیں تھا اور وہ چاہتا تھا کہ کوئی سمجھ دار ہندوستانی اس کے کام پر نظر رکھے۔

میرے ذمہ یہ خدمت تھی کہ میں ہوٹل میں ٹھہرنے والوں کا خیال رکھوں نیز غیر ملکوں سے جو لوگ ہندوستان کی سیاحت کے لئے آتے ہیں ان کو اس ملک کے بارے میں علمی و ثقافتی معلومات بہم پہنچاؤں۔ یہ ہوٹل اپنی اس خصوصیت کی وجہ سے غیر ملکی سیاحوں میں بہت مقبول تھا۔ کوئی دن نہ جاتا تھا کہ دس پانچ نئے مہمان بیرونی ممالک سے آکر یہاں نہ ٹھہرتے ہوں۔ ہفتوں پہلے سے ان کے لئے کمرے ریزرو کر لئے جاتے تھے۔ یہ ہوٹل بمبئی کے بڑے ہوٹلوں میں شمار ہوتا تھا۔ اور اس میں ایک

وقت میں دو ڈھائی سو مسافر بخوبی رہ سکتے تھے۔

ایک دفعہ امریکہ کی ایک خاتون ہمارے ہوٹل میں آکر مقیم ہوئی مس گلبرٹ اس کا نام تھا۔ وہ امریکہ کے ایک متمول تاجر کی بیٹی تھی۔ ممالک مشرق اور بالخصوص ہندوستان کی سیاحت کا اسے بڑا شوق تھا ہندوستان کی جدوجہد آزادی سے بھی گہری دلچسپی تھی۔ اور خاص کر یہاں کی ستیہ گرہ کی تحریک بھوک ہڑتال، جلسوں اور جلوسوں کو وہ بچشم خود دیکھنے کی بڑی تمنا رکھتی تھی۔ مگر بدقسمتی سے وہ ایسے وقت یہاں پہنچی کہ تحریک آزادی ختم ہو چکی تھی۔ کیونکہ برطانیہ نے ملک کو دو حصوں میں تقسیم کر کے آزادی کا اعلان کر دیا تھا۔ اب یہاں نہ عدم تعاون کی تحریک باقی رہی تھی۔ نہ ستیہ گرہ اور ہڑتالیں ہوتی تھیں نہ جلوس نکلتے تھے بس یہ کیفیت تھی کہ انگریز تو اسباب باندھنے میں مصروف تھے اور اہل ملک ان کی جگہ سنبھالنے کے لئے پر پرزوں سے درست ہو رہے تھے۔

مس گلبرٹ سادہ طبیعت اور نیک دل تھی۔ اس کی باتوں سے معلوم ہوتا تھا کہ وہ انسانی تفریق کی خواہ وہ رنگ اور نسل کی ہو یا روپیہ پیسہ کی، قائل نہیں ہے مگر انسان دوستی کا وسیع جذبہ اپنے دل میں لئے ہوئے ہے۔ اس کی عمر تیس کے لگ بھگ تھی۔ لمبا قد، چوڑا چکلا چہرہ، انتہائی سادہ خدوخال گالوں پر ہلکی ہلکی زردی کھنڈی ہوئی، سنہرے بال۔ وہ ان عورتوں میں سے تھی جو خوبصورت تو ہرگز نہیں ہوتیں مگر انھیں بدصورت بھی نہیں کہا جا سکتا۔ کیونکہ ان میں ایک خاص طرح کی جاذبیت پائی جاتی ہے۔

سہ پہر کو چائے کے وقت جب وہ "ستارۂ مشرق" کے وسیع اور خوش قطع لاؤنج میں چھوٹے چھوٹے یوروپین خاندانوں اور بچوں کے غل غپاڑے سے الگ تھلگ اپنی میز پر اکیلی بیٹھی ہوتی تو مجھے اس پر ترس سا آیا کرتا۔ وہ طبعاً آدمیوں سے متنفر نہیں تھی۔ البتہ یہاں آکے اُسے جو مایوسی ہوئی تھی اس نے اسے مغموم بنا رکھا تھا۔ بھلا ایسی عورت کے پاس بیٹھ کر کون اپنا وقت ضائع کرتا۔ ہاں جب کبھی وہ میرے پاس

کچھ دریافت کرنے آتی تو میں انتہائی توجہ سے اس کی بات سنتا اور خندہ پیشانی سے جواب دیتا اور چاہتا کہ وہ زیادہ وقت میرے پاس گزارے یوں بھی اس کے پاس جاکر پوچھ لیتا کہ کسی چیز کی ضرورت تو نہیں۔ میں بمبئی کی سیرگاہوں اور اہم قابلِ دید مقامات کا حال تفصیل سے بیان کرتا۔ مگر وہ دھیان نہ دیتی۔ اسے یہاں کی تفریح گاہوں اور تاریخی مقامات سے دلچسپی نہ تھی۔ اس کے لئے وہ کئی مرتبہ یورپ کا چکر لگا چکی تھی۔ جو باتیں وہ مجھ سے پوچھتی ان کا جواب دینے سے میں کتراتا۔ کیونکہ منیجر کی طرف سے ہمیں سخت تاکید تھی کہ ہم ملکی معاملات کے بارے میں مہمانوں سے کسی قسم کی گفتگو نہ کریں۔ اِدھر تحریک آزادی کے ختم ہوتے ہی اخباروں کی ہنگامہ آرائی بھی ختم ہوگئی تھی۔ اب ان میں قتل ڈاکہ زنی اور اغوا کی خبریں زیادہ چھپنے لگی تھیں جن کے پڑھنے سے دل پر افسردگی سی طاری ہوتی تھی۔

ایک دن وہ حسب معمول لان میں اکیلی بیٹھی بے دلی سے اخبارات کے ورق الٹ رہی تھی۔ یہ اواخر سرما کی ایک سہانی سہ پہر تھی۔ دھوپ نرم اور حدت آمیز تھی۔ بہار کا سماں تھا مگر آج وہ پہلے سے بھی زیادہ افسردہ معلوم ہوتی تھی۔ میں اسی کے خیال میں کھویا ہوا تھا کہ اتنے میں میرا ایک پرانا دوست ریاض میرے کمرے میں آدھمکا۔ جس زمانے میں میں "نوبہار" کے عملۂ ادارت کا ایک رکن تھا۔ ریاض ہمارا چیف رپورٹر تھا۔ اخبار سے میرا تعلق ختم ہوتے ہی وہ بھی وہاں سے چلا گیا تھا اور کسی فلمی یونٹ سے منسلک ہوگیا تھا۔ وہ ان نوجوانوں میں سے تھا جو غیر معمولی صلاحیتوں کے مالک ہوتے ہیں اور ہر کام خواہ وہ کتنا ہی مشکل کیوں نہ ہو، بڑی آسانی سے کر لیتے ہیں۔ فلم کے لئے کہانیاں اس نے لکھیں۔ موسیقی کی دھنیں اس نے بنائیں، گھوڑ دوڑ میں جاکی کا کام اس نے کیا، کئی مشہور فلم ایکٹرسوں کے پرائیویٹ سکرٹری کی خدمات اس نے انجام دیں۔

اس وقت اسے دیکھ کر مجھے بیحد خوشی ہوئی۔ ہم ایک مدت کے بعد ملے تھے۔ مجھے معلوم نہ تھا کہ آجکل کیا کرتا تھا۔ نہ جانے میرے جی میں کیا آئی کہ میں نے مس گلبرٹ کا حال اسے بتا دیا۔ اور دفتر کی کھڑکی میں

سے دور ہی سے اس کی صورت بھی دکھا دی۔

"بری نہیں" وہ کہنے لگا۔ "اور یہ جو تم جلسے جلوسوں کی بات کہہ رہے ہو یہ کون مشکل کام ہے بھیا! جس ملک میں سگرٹ بیڑی کے جلوس نکل سکتے ہوں، بوٹ پالش کے جلوس نکل سکتے ہوں، نئی فلموں، کشتیوں اور دنگلوں کے جلوس نکل سکتے ہوں، وہاں سیاسی جلوس نکالنا کیا مشکل بات ہے۔ جلوس تو تماشائیوں سے بنتا ہے تماشائیوں سے۔ اصل جلوس والے تو پانچ فیصدی بھی نہیں ہوتے۔ بس ایسے لوازم جمع کر دو جو تماشائیوں کو اپنی طرف کھینچ لیں تو سو کا جلوس دس ہزار کا معلوم ہونے لگے گا۔"

کچھ دیر ہم دونوں خاموش رہے۔ سائے اب طویل ہونے شروع ہو گئے تھے فضا میں خنکی بڑھ گئی تھی۔ لان میں بیٹھے ہوئے لوگ اب اٹھنے شروع ہو گئے تھے۔ مس گلبرٹ نے اخبارات کو اکٹھا کیا، اور ہلکے ہلکے قدم اٹھاتی ہوئی اپنے کمرے کی طرف چل دی۔ ریاض نے کہا "سنو۔ اگر تم سو پچاس کا انتظام کر سکو تو میں تمہاری میم صاحب کی آرزو پوری کر سکتا ہوں۔"

میں نے کہا:

"اتنی رقم تو وہ چندہ کے طور پر بھی دے سکتی ہے۔ وہ بہت امیر عورت ہے۔ امریکہ والوں کو تو تم جانتے ہی ہو۔"

"تو بس اسی ہفتہ میں اس کا انتظام کر دوں گا۔ اچھی خاصی دل لگی رہے گی۔"

"لیکن ریاض" میں نے لمحہ بھر غور کرکے کہا "کسی شریف عورت کو یوں دھوکا دینا ——"

"دھوکا" اس نے میری بات کاٹ کر کہا:

"آج کل ہر چیز دھوکا ہے۔ خود زندگی ایک دھوکا ہے اور پھر تم خیال تو کرو کہ وہ اس ملک سے کس قدر مایوس ہو کر جائے گی۔ ہماری ذرا سی کوشش اسے بامراد بنا سکتی ہے۔"

میں سوچ میں پڑ گیا۔ یہ معاملہ ایسا تھا کہ میری نوکری کے لئے مخدوش ثابت ہو سکتا تھا مگر یہ تجویز

میرے منچلے دوست کو بھا گئی تھی۔ وہ ہمیشہ نئے نئے تجربوں کی تلاش میں رہتا تھا۔ اس نے مجھے زیادہ سوچنے کا موقع ہی نہیں دیا۔ اور یہ کہتا ہوا کہ "تو بس پھر طے ہے"۔ ایک دم کمرے سے چلا گیا۔

تیسرے دن اس نے مجھے ٹیلیفون پر بتایا کہ سب معاملہ ٹھیک ہے میں چار بجے آؤں گا۔ تم میم صاحبہ کو تیار رکھنا اور ہاں میرا اُن سے تعارف بھی کرا دینا پھر اگر تمہیں فرصت ہو تو تم بھی ساتھ چلے چلنا ورنہ میں خود ہی سنبھال لوں گا۔

لنچ کے وقت میں ڈرتے ڈرتے مس گلبرٹ کے پاس پہنچا اور ادھر اُدھر کی باتیں کر کے اس سے کہا:

"آج ایک جلوس نکلنے والا ہے۔ اگر تمہیں دلچسپی ہو تو سہ پہر کو اسے دیکھنے چل سکتی ہو۔"

وہ یہ سنتے ہی اچھل پڑی۔

"سچ" اس نے کہا "ضرور چلوں گی۔ مگر کہاں اور یہ کن کا جلوس ہے" ؟

میں نے کہا:

"ٹھیک طور پر میں خود بھی نہیں جانتا مگر سہ پہر کو میرا ایک دوست آ رہا ہے اس جلوس کی تفصیل اس سے معلوم ہو جائے گی۔"

اس نے بڑی گرمجوشی سے میرا شکریہ ادا کیا اور میں اپنے کمرے میں چلا آیا۔

ریاض ٹھیک چار بجے ہوٹل میں پہنچ گیا ہم پہلے ہی سے اس کے منتظر تھے۔ غائبانہ تعارف میں کرا ہی چکا تھا۔ دونوں ایک دوسرے سے مل کر بہت خوش ہوئے۔ میں اگر چاہتا تو کام کا بہانہ کر کے ہوٹل ہی میں رہ سکتا تھا لیکن سچ پوچھیے تو میرے دل میں خود گدگدی ہو رہی تھی کہ دیکھوں میرا دوست کیا تماشا دکھانے والا ہے۔ میں نے منیجر سے دو گھنٹہ کی چھٹی لی اور پھر ہم تینوں ٹیکسی میں بیٹھ چل دیے۔ ریاض نے ٹیکسی والے کو بمبئی کے ایک غیر معروف علاقے کی طرف چلنے کی ہدایت کر دی تھی۔

وہ مس گلبرٹ سے بہت بے تکلف ہو گیا تھا۔ رفتہ رفتہ اس کی یہ کیفیت ہو گئی جیسے وہ گلبرٹ کا بہت

پرانا جاننے والا ہو۔ اس نے کہا:

"ہرچند ملک کو آزادی مل چکی ہے۔ مگر یہاں کا مزدور طبقہ ابھی اپنی حالت پر مطمئن نہیں ہے۔ کئی دن سے اس کے ایک فرقہ میں اندر ہی اندر مواد پک رہا تھا جو آج پھوٹ پڑا۔ یہ فرقہ سائیس کہلاتا ہے۔ ان کا کام بگھی چلانا اور گھوڑوں کی دیکھ بھال ہوتا ہے۔ چنانچہ آج اس فرقے کے لوگ اپنے مالکوں کی زیادتیوں کے خلاف آواز اٹھا رہے ہیں۔ آج ان کا ایک بڑا جلوس نکل رہا ہے۔ میں نے اس جلوس کو دیکھنے کے لئے ایک فلیٹ کی بالکنی میں انتظام کیا ہے۔"

مس گلبرٹ نے ٹیکسی میں بیٹھے بیٹھے ایک مرتبہ پھر گرمجوشی سے ہمارا شکریہ ادا کیا۔

کوئی پندرہ بیس منٹ کے بعد ریاض نے ٹیکسی کو ایک ایسے مقام پہ ٹھہرایا جو خود میرے لئے بھی اجنبی تھا۔ ہم ایک اونچی عمارت کی پہلی منزل کے فلیٹوں میں سے ہوتے ہوئے ایک بالکنی میں پہنچے، اس میں تین کرسیاں بچھی ہوئی تھیں مس گلبرٹ اپنے ساتھ کیمرہ، دوربین، تھرمس کی دو بوتلیں اور کچھ سینڈوچ ایک ٹوکری میں رکھ کر لائی تھی۔

ریاض نے کہا: "جلوس کے آنے میں ابھی پانچ دس منٹ کی دیر ہے۔"

مس گلبرٹ بولی "اچھی بات ہے ہم اتنے کافی پیتے ہیں۔"

یہ کہہ کر اس نے ٹوکری میں سے تین چھوٹی چھوٹی پیالیاں نکالیں اور ایک تھرمس کا منہ کھول کر ان میں گرم گرم کافی انڈیلنے لگی۔

ابھی ہم نے کافی ختم نہیں کی تھی کہ ایک طرف سے نقاروں کی آوازیں سنائی دینے لگیں۔ ریاض نے کہا: "لو جلوس آگیا۔"

مس گلبرٹ نے جلدی سے اپنی دوربین سنبھالی اور اس طرف دیکھنے لگی جدھر ریاض نے اشارہ کیا تھا۔ ہم جس سڑک پہ تھے وہ ایک طرف سے خم کھاتی ہوئی دوسری طرف مڑ جاتی تھی۔ میں خوب سمجھتا تھا کہ ریاض

نے کس مصلحت سے اس مقام کو چنا ہے۔ ہماری نظر کے سامنے سڑک کا صرف سو سوا سو گز کا ٹکڑا تھا۔ چنانچہ نقاروں کی آواز سے یہ تو صاف معلوم ہوتا تھا کہ جلوس بہت قریب پہنچ چکا ہے مگر موڑ کی وجہ سے جلوس کا اگلا حصہ ابھی ہماری نظروں سے پوشیدہ تھا۔

اس وقت مس گلبرٹ کا جوش و خروش دیکھنے سے تعلق رکھتا تھا۔ اس کے بے رنگ گالوں پر ہلکی ہلکی سرخی جھلکنے لگی تھی۔ اس نے دوربین اپنی آنکھوں سے نہیں ہٹائی تھی، اس سے اس کی بے تابی کا اندازہ کیا جا سکتا تھا۔ آخر چند لمحوں کے بعد جلوس نے اپنی جھلک دکھائی۔ پہلے ایک اونٹ آیا، جس کو بہت گہرے سُرخ رنگ میں رنگا گیا تھا۔ اس کے دونوں طرف دو بڑے بڑے نقارے بندھے ہوئے تھے۔ ان کا رنگ بھی سُرخ تھا۔ اس پر دو لڑکے لال ہی رنگ کے کپڑے پہنے ہوئے زور زور سے نقاروں کو پیٹ رہے تھے۔ مس گلبرٹ نے جلدی سے دوربین ہٹا کر کیمرہ سنبھالا اور دور کا ایک شاٹ لیا۔ اونٹ کے پیچھے پانچ چھ خالی بگھیاں تھیں جن کے آگے گھوڑوں کے بجائے آدمی جتے ہوئے تھے ان کے پیچھے پیچھے ایک ایک مست فقیر تھا، جس کے تن پر سوائے لنگوٹی کے اور کوئی کپڑا نہ تھا اس نے منہ پر سیندور مل رکھا تھا۔ پاؤں میں گھنگرو تھے، ہاتھ میں ایک بڑا سا سونٹا جس کے سرے پر طرح طرح کے رنگین کپڑوں کی دھجیاں بندھی ہوئی تھیں اور وہ چک پھیری لے لیکر ناچ رہا تھا۔

ریاض نے مس گلبرٹ کے چہرے پر حیرت کے آثار دیکھ کر فوراً کہا:

"یہ ان سائیسوں کا روحانی پیشوا ہے اس نے عہد کر رکھا ہے کہ جب تک میرے فرقے کے لوگوں کے مطالبات پورے نہیں کئے جائیں گے میں اپنا ناچ جاری رکھوں گا۔"

جیسا کہ ہمیں توقع تھی اس عجیب و غریب جلوس کو دیکھنے کے لئے سچ مچ خلقت ٹوٹ پڑی تھی۔ آس پاس کے مکانوں میں کوئی کھڑکی کوئی دروازہ، کوئی بالکنی ایسی نہ تھی جو عورتوں اور بچوں سے بھری ہوئی نہ ہو۔ ادھر جلوس کے دونوں طرف تماشائیوں کا وہ ہجوم تھا کہ سچ مچ کھوے سے کھوا چھلتا تھا۔ میں نے دل

میں کہا. تماشائی شاید سمجھ رہے ہیں کہ یہ سین کسی فلم کے لئے تیار کیا جا رہا ہے اور بمبئی ایسے شہر میں یہ کوئی نئی بات بھی نہ تھی۔

جلوس کے ساتھ سرخ رنگ کے کئی پرچم بھی تھے. کپڑوں پر مختلف رنگوں میں "انقلاب زندہ باد" اور طرح طرح کے الفاظ اور جملے تحریر تھے جن میں سائیسوں کی برادری کو خواب غفلت سے بیدار کیا گیا تھا۔ اور دھنوان سیٹھوں کو تنبیہہ کی گئی تھی، انہی میں ایک پرچم پر یہ الفاظ بھی لکھے تھے۔

"سائیسی علم دریاؤ"

"آخر ان لوگوں کے مطالبات کیا ہیں ؟" مس گلبرٹ نے پوچھا۔

ریاض نے جواب دیا:

"تنخواہ میں اضافہ، کام کے اوقات کا تعین، بس ایسی ہی باتیں ہوں گی میں پوری تفصیل سے واقف نہیں۔"

اب سائیسوں کی ایک ٹولی آئی جنھوں نے سر اور ماتھے پر سیندور ڈال رکھا تھا۔ وہ بڑے جوش و خروش کے ساتھ پوربی زبان میں ایک انقلابی گیت گاتے چلے آرہے تھے:

ہیا
بولو ہیا - ہیا

رکت چوس لیو ہمرو سارد
تیل بنا چلے کا سے پہیا
ہیا
بولو ہیا - ہیا

بھوکن پیٹن پرت گھونا ہیں
چومن ناچیت تھیا تھیا
ہیا
بولو ہیا۔ ہیا

ریاض نے اس انقلابی گیت کا ترجمہ مس گلبرٹ کو سنایا تو وہ بہت خوش ہوئی اور فوراً اپنی نوٹ بک میں لکھ لیا۔ ریاض کا کمال یہ تھا کہ وہ غیر متعلقہ آدمیوں کو بھی جلوس ہی کا ایک حصہ ظاہر کر رہا تھا۔ مثلاً دو تین لڑکے آگے پیچھے بیڑی کے اشتہار کے بورڈ لٹکائے خواہ مخواہ جلوس میں آشامل ہوئے تھے۔ وہ آوازیں لگا رہے تھے "چرخہ مارکہ بیڑی پیا کرو۔"

"یہ کون لوگ ہیں؟" مس گلبرٹ نے پوچھا۔

ریاض نے جھٹ جواب دیا "یہ بیڑی بیچنے والوں کے نمائندے ہیں وہ کہہ رہے ہیں ہماری ہمدردی سائیوں کے ساتھ ہے۔"

اب سونٹے والا مست فقیر مس گلبرٹ کی بالکنی کے بالکل نیچے پہنچ گیا تھا۔ اس نے آسمان کی طرف دیکھ کر زور سے اللہ ہو کا نعرہ لگایا۔ ساتھ ہی مس گلبرٹ کے چہرے پر بھی نظر پڑی اور اس نے پہلے سے بھی زیادہ تیزی کے ساتھ رقص کرنا شروع کر دیا مس گلبرٹ نے خاص طور پر اس فقیر کے کئی شاٹ لئے۔

پانچ سات منٹ کے بعد یہ جلوس دوسرے موڑ پر پہنچ کر ہماری نظروں سے اوجھل ہو گیا۔ ہم نے چائے کی پیالیاں اور دوسرا سامان ٹوکری میں ڈالا اور بالکنی سے اُتر کر ٹیکسی میں بیٹھ گئے۔ مس گلبرٹ راستہ بھر میرا اور ریاض کا شکریہ ادا کرتی رہی۔ اس نے کہا:

"میں اس جلوس کا حال اپنی مما اور پپا کو آج ہی لکھ کر بھیجوں گی۔"

ٹیکسی ہوٹل کے پاس پہنچی تو میری جان میں جان آئی، ریاض کا چہرہ کامرانی سے چمک رہا تھا۔ اور میں آنکھوں ہی آنکھوں میں اس کی ذہانت کی داد دے رہا تھا مس گلبرٹ کے رخصت ہونے سے پہلے ریاض نے پیش بندی کے طور پر اس کو بتادیا تھا کہ آجکل چوں کہ حکومت اور رعایا میں مناہمت ہو چکی ہے اس لئے ہمارے لیڈروں نے تمام اخبارات کو ہدایت کر رکھی ہے کہ کوئی ایسی تصویر یا خبر نہ چھاپی جائے جس سے دونوں کے تعلقات میں بدمزگی پیدا ہونے کا اندیشہ ہو میرا خیال ہے کہ شاید ہی کوئی اخبار اس جلوس کی خبر یا تصویر چھاپے۔

مس گلبرٹ کے بشرے سے ظاہر ہوتا تھا کہ وہ اس نکتہ کو بخوبی سمجھ گئی ہے۔ اپنے کمرے میں جانے سے پہلے اس نے ایک معقول رقم کا چیک کاٹ کر ریاض کو دیا اور کہا "جہاں آپ نے میرے لئے اتنی زحمت اٹھائی ہے وہاں اتنی تکلیف اور کیجئے گا کہ یہ حقیر سی رقم میری طرف سے ان غریب سائیسوں کو دے دیجئے گا۔"

چیک لےکر ریاض جلد ہی رخصت ہو گیا۔

اس سوانگ کے یوں خیر و خوبی سے سرانجام پا جانے پر میں نے خدا کا شکر ادا کیا۔ مگر پھر بھی دو تین دن تک میں نے مس گلبرٹ سے بات کرنے سے پہلوتہی کی بس مزاج پرسی کر لیتا۔ اور یوں ظاہر کرتا جیسے کام میں سخت مصروف ہوں۔ جب ایک ہفتہ یوں ہی گزر گیا۔ اور کسی قسم کا ناخوشگوار واقعہ پیش نہ آیا تو میری فکر دور ہوئی۔

اگلے روز اتوار تھا میں پہلے کی طرح چونچال ہو گیا تھا۔ میں نے سوچا کہ آج مس گلبرٹ سے جی بھر کر باتیں کروں گا۔ مگر اتنے ہی میں کیا دیکھتا ہوں۔ کہ ریاض بھاگا چلا آرہا ہے۔

"ارے غضب ہو گیا"۔ اس نے میرے کمرے میں داخل ہوتے ہی کہا "اس دن والے مذاق نے کچھ اور ہی رنگ اختیار کر لیا۔"

پھر کچھ بتائے بغیر وہ مجھے زبردستی کھینچتا ہوا ہوٹل سے باہر لے گیا جہاں اس کی ٹیکسی کھڑی تھی. ہم شہر کی طرف روانہ ہو گئے۔

شہر میں سچ مچ کا ایک جلوس نکلا ہوا تھا. کسی الگ تھلگ گمنام گوشے میں نہیں بلکہ شہر کے عین بیچوں بیچ۔ اس میں دس بیس نہیں بلکہ ہزاروں کی تعداد میں سائیں شامل تھے. جلوس بڑا قاعدے کا تھا. یعنی اس میں کسی قسم کا غیر متعلقہ عنصر شامل نہیں تھا. نہ ڈھول ڈھمکا تھا اور نہ اونٹ۔ البتہ یہ لوگ ریاض ہی کا بنایا ہوا انقلابی گیت جوش و خروش سے گاتے ہوئے جا رہے تھے :

ہیّا

بولو ہیّا - ہیّا

بھوکن بیٹھن پرت کچھونا ہیں

چوہن ناچت تھیّا تھیّا

ہیّا

بولو ہیّا - ہیّا

اس میں شبہ نہیں کہ یہ جلوس بڑے معرکے کا تھا اور مس گلبرٹ کے دیکھنے کی خاص چیز. لیکن نہ جانے کیا بات تھی کہ ہوٹل واپس آکر میں نے اور ریاض نے اس کا ذکر مس گلبرٹ سے کرنا مناسب نہ سمجھا.

فینسی ہیر کٹنگ سیلون

آبادیوں کی ادل بدل نے ایک دن ایک اجنبی شہر میں چار حجاموں کو اکٹھا کر دیا۔ وہ ایک چھوٹی سی دکان پر چائے پینے آتے۔ جیسا کہ قاعدہ ہے۔ ہم پیشہ لوگ جلد ہی ایک دوسرے کو پہچان لیتے ہیں، یہ لوگ بھی بہت جلد ایک دوسرے کو جان گئے۔ چاروں وطن سے لُٹ لٹا کر آئے تھے جب اپنی اپنی بپتا سنا چکے۔ تو سوچنے لگے کہ اب کریں تو کیا کریں۔ تھوڑی تھوڑی سی پونجی اور اپنی اپنی کسبت ہر ایک کے پاس تھی ہی۔ صلاح ٹھہری کہ چاروں مل کر ایک دُکان لیں۔ اور ساجھے میں کام شروع کریں۔

یہ تقسیم کے آغاز کا زمانہ تھا۔ شہروں میں افراتفری پھیلی ہوئی تھی۔ لوگ دل جمعی سے کوئی کام نہ کر پاتے تھے۔ تمام کاروبار سرد پڑے ہوئے تھے۔ پھر بھی ان حجاموں کو دکان کے لئے کافی دوڑ دھوپ کرنی پڑی وہ کئی دن تک سرکاری دفتروں کے چکر کاٹتے رہے اور چھوٹے چھوٹے افسروں، کلرکوں اور چپراسیوں تک کو اپنی دُکھ بھری کہانی بڑھا چڑھا کر سناتے رہے۔ آخر کار ایک افسر کا دل پسیج گیا اور اس نے ان چاروں کو شہر کے ایک اہم چوک میں ایک حجام ہی کی دکان دلا دی جو ہنگامہ کے دنوں میں دکان میں تالا ڈال بھاگ گیا تھا۔

یہ دُکان زیادہ بڑی تو نہ تھی۔ پر اس کے مالک نے اس میں اچھا خاصا سیلونوں کا سا ٹھاٹھ باٹھ کر رکھا تھا۔ دیواروں کے ساتھ ساتھ لکڑی کے تختے جوڑ اوپر سنگ مرمر کی لمبی لمبی سلیں جما، ٹیبل سے

ہٹا لئے تھے۔ تین ایک طرف اور دو ایک طرف۔ ہر ایک ٹیبل کے ساتھ دیوار میں جڑا ہوا ایک بڑا آئینہ تھا اور ایک اونچے پایوں کی کرسی جس کے پیچھے لکڑی کا گدی دار اسٹینڈ لگا ہوا تھا۔ گاہک ٹھنگنے قد کا ہوا تو اسٹینڈ کو نیچے سرکا لیا۔ لمبے قد کا ہوا تو اونچا کر لیا۔ اور گدی پہ اس کے سر کو ٹکا، مزے سے ڈاڑھی مونڈنے لگے۔

ضرورت کی یہ سب چیزیں مہیا تو تھیں مگر تھیں ذرا پرانے فیشن کی اور ٹوٹی پھوٹی۔ سنگ مرمر کی سلوں کے کنارے اور کونے جگہ جگہ سے شکستہ تھے آئینے تھے تو بڑے بڑے مگر ذرا پتلے۔ اس کی وجہ سے گاہکوں کو اپنی شکلیں چپٹی چپٹی سی نظر آتی تھیں۔ ایک آئینے کے بیچ میں کچھ اس طرح بال پڑ گیا تھا کہ دیکھنے والے کو اس میں بیک وقت ایک کے دو چہرے نظر آتے مگر دونوں ادھورے جو ایک دوسرے میں گڈمڈ ہو کر مضحکہ خیز صورتیں پیدا کرتے۔ چنانچہ اس آئینے کے سامنے بیٹھنے والا اپنی گردن کو تین چار تین مختلف زاویوں پہ اونچا نیچا کئے بغیر نہ رہ سکتا۔ علاوہ ازیں اس دکان میں شمپو کا بھی کوئی انتظام نہ تھا۔

لیکن ان حجاموں نے ان خامیوں کا زیادہ خیال نہ کیا۔ سچ یہ ہے۔ یہ بات ان کے وہم و خیال میں بھی نہ آسکتی تھی کہ ایک دن انھیں یہ سب سامان بنا بنایا مفت مل جائے گا۔ اپنے وطن میں وہ اب تک بڑی گمنامی کی زندگی بسر کرتے رہے تھے۔ ان میں سے ایک جو عمر میں سب سے بڑا تھا اور استاد کہلاتا تھا۔ اس نے کچھ مستقل گاہک باندھ رکھے تھے جن کے گھر وہ ہر روز یا ایک دن چھوڑ کر ڈاڑھی مونڈ جایا کرتا تھا۔ اس سے عمر میں دوسرے درجے پر جو حجام تھا اس نے ریلوے اسٹیشن کے پلیٹ فارم اور لاریوں کے اڈے سنبھال رکھے تھے۔ دن بھر کسبت گلے میں ڈالے ڈاڑھی بڑھوں کی ٹوہ میں رہا کرتا اور دوسرے دو حجام جو نوعمر تھے ڈیڑھ ڈیڑھ دو دو روپے یومیہ پر کبھی کسی دکان میں تو کبھی کسی دکان میں کام کیا کرتے تھے۔ اب اچانک قسمت نے ان لوگوں کو زندگی میں پہلی مرتبہ آزادی اور خود مختاری کا یہ موقع جو بخشا تو وہ بہت خوش ہوئے اور دکان کو اور زیادہ ترقی دینے اور اپنی حالت

کو سنوارنے پر کمربستہ ہوگئے۔

سب سے پہلے ان لوگوں نے بازار سے ایک کوچی اور چونا لاکر خود ہی دُکان میں سفیدی کی اور اس کے فرش کو خوب دھویا پونچھا۔ اس کے بعد نیلام گھر سے پرانے انگریزی کپڑوں کے دو تین گٹھر سستے داموں خریدے۔ ان میں سے قمیصوں اور پتلونوں کو چھانٹ کر الگ کیا۔ پھٹے کپڑوں کو سیا۔ جہاں جہاں پیوند لگانے کی ضرورت تھی وہاں پیوند لگائے۔ جن حصوں کو چھوٹا کرنا تھا ان کو چھوٹا کیا۔ اور یوں ہر ایک نے اپنے لئے دو دو تین تین جوڑے تیار کرلئے۔ اس کے علاوہ ہر ایک کو ایک ایک چادر کی بھی ضرورت تھی۔ جسے بال کاٹنے کے وقت گاہک کے جسم پر گردن سے نیچے نیچے لپیٹنا ضروری ہوتا ہے۔ یہ ذرا مشکل کام تھا۔ مگر ان لوگوں نے سائڈوں۔ جمپروں۔ کوٹوں اور پتلونوں کو پھاڑ کر جیسے تیسے دو چادریں بنا ہی لیں کپڑوں کے اسی ڈھیر میں انھیں ریشم کا ایک سیاہ پردہ بھی ملا جس پر سنہرے رنگ میں تتلیاں بنی ہوئی تھیں۔ کپڑا اچھا تو بوسیدہ۔ مگر ابھی تک اس میں چمک دمک باقی تھی۔ اسے احتیاط سے دھوکر دُکان کے دروازے پر لٹکا دیا۔

اپنے اپنے اوزار سب کے پاس تھے ہی۔ ان کی تو فکر نہ تھی۔ البتہ تھوڑے داموں والی کئی چیزیں خریدی گئیں۔ مثلاً سلولائڈ کے پیالے صابن کے لئے۔ ڈاڑھی کے برش۔ پھٹکری۔ چھوٹی بڑی کنگھیاں۔ تولئے۔ دو تین تیز خوشبو والے دیسی تیلوں کی شیشیاں ایک گھٹیا درجے کے کریم کی شیشی۔ ایک سستا سا پوڈر کا ڈبہ۔ علاوہ ازیں کباڑیوں کی دکانوں سے ولایتی لونڈر کی ٹیڑھی ترچھی خالی شیشیاں خرید ان میں سرسوں کا تیل بھر دیا۔

دُکان کی آرائش کی طرف سے بھی یہ لوگ غافل نہیں رہے۔ دُکان کے پہلے مالک نے اس میں نہ جانے کس زمانے کی دقیانوسی مذہبی تصویریں لٹکا رکھی تھیں ان کو اتار ڈالا۔ اور ان کی جگہ دو ایک پرانے امریکن فلموں کے بڑے بڑے رنگ دار پوسٹر جو ایک کباڑیئے کے ہاں سے لے آئے تھے۔ دُکان

کے اندر دیواروں پر چسپاں کر دیے۔ علاوہ ازیں دو تین قطعات اور ایک کیلنڈر جس میں ملک کے بڑے بڑے سیاسی لیڈروں کے فوٹو تھے۔ دیوار پر ٹانگ دیے۔

دُکان کو جلد چلانے کے خیال سے اُنھوں نے اُجرتیں بہت کم رکھیں۔ مروجہ اُجرتوں سے نصف سے بھی کم۔ چنانچہ ایک گتے پر سیاہ روشنائی سے حجامت کی مختلف قسموں کی اُجرتیں لکھوا کر اُسے دیوار پر ایسی جگہ لٹکا دیا کہ گاہک جیسے ہی دُکان میں داخل ہو اُس کی نظر سب سے پہلے اسی پر پڑے۔

پہلے حجام نے اس دُکان کا نام "فینسی ہیر کٹنگ سیلون" رکھا تھا۔ یہ نام دکان کی پیشانی پر بہت جلی حروف میں انگریزی اور اردو دونوں زبانوں میں لکھا ہوا تھا۔ ایک بابو سے "فینسی" کا مطلب معلوم کر کے بہت خوش ہوئے۔ اور فیصلہ کیا کہ فی الحال اسی سے کام لیا جائے۔ کوئی نیا نام رکھتے تو اس کو مٹانے اور اُس کو لکھوانے پر خاصی رقم خرچ کرنی پڑتی۔

جس روز باقاعدہ طور پر دُکان کا افتتاح ہونا تھا۔ انھوں نے دوپہر کو بڑی محنت سے ایک دوسرے کی حجامتیں بنائیں۔ لمبی لمبی قلمیں رکھیں۔ گرم پانی سے خوب مل مل کر نہائے۔ صاف ستھری قمیصیں اور پتلونیں پہنیں۔ جن کو اُنھوں نے قریب کی ایک لانڈری سے دھلوا لیا تھا۔ بالوں میں تیل ڈالا۔ پٹیاں جمائیں۔ گردن اور چہرے پر ہلکا ہلکا پوڈر ملا۔ اور یوں چاق و چوبند ہو اگر بتیوں کی بھینی بھینی خوشبو میں اُستروں کو جن کی دھار وہ رات بھر سلیوں پر تیز کرتے رہے تھے۔ ہتھیلی پر ہلکا ہلکا پٹکتے ہوئے خود کو خدمتِ خلق کے لئے پیش کر دیا۔

پہلی شام کچھ زیادہ کامیاب ثابت نہ ہوئی۔ کل پانچ گاہک آئے۔ تین شیو اور دو بال کٹائی کے اور وہ بھی آدھ آدھ پاؤ پاؤ گھنٹے کے وقفے پر مگر یہ لوگ ذرا مایوس نہ ہوئے۔ ہر گاہک کا پُرجوش خیر مقدم کیا۔ اُس کو بٹھانے سے پہلے کرسی کو دوبارہ جھاڑا پونچھا۔ اُس کی ٹوپی پگڑی یا کوٹ لے کر احتیاط سے کھونٹی پر ٹانگ دیا۔ ڈاڑھی کے بال نرم کرنے کے لئے دیر تک برش سے جھاگ کو پھینٹا۔ بڑے نرم ہاتھ

سے استرا چلایا۔ اور اگر احتیاط کے باوجود کہیں ہلکا سا چرکا لگ بھی گیا۔ تو بڑی چابک دستی سے خون کو صابن کے جھاگ میں چھپائے رکھا۔ تاوقتیکہ پوری ڈاڑھی نہ مونڈلی اور پھر اطمینان سے پھٹکڑی پھیر کر زخم کو نیست و نابود کر دیا۔

ایک حجام نے اس خیال سے کہ بال کاٹنے میں زیادہ وقت لگایا جائے، تو گاہک خوش ہوتا ہے۔ ایک دفعہ بال تراش کر دوبارہ پھر تراشنے شروع کر دیئے۔ آخر میں اس نے گاہک کے سر میں تیل ڈال یوں ہلکے ہلکے مزے مزے ملنا شروع کیا کہ گاہک کی آنکھوں میں سرور کی سی کیفیت پیدا ہوگئی۔ اس کو اپنی محنت کا صلہ جلد ہی مل گیا۔ گاہک نے اُجرت کے علاوہ ایک آنہ اُسے "بخشیش" کے طور پر بھی دیا۔

اس شام کام کی کمی کے باوجود ان لوگوں نے دیر تک دُکان کھلی رکھی۔ پھر دُکان بڑھانے کے بعد بھی وہ دیر تک جاگتے رہے اور ہنسی مذاق کی باتیں کرتے رہے۔

دوسرے دن دفتروں میں کوئی تعطیل تھی۔ صبح کو آٹھ بجے ہی سے گاہک آنے شروع ہوگئے۔ دس بجے کے بعد تو یہ کیفیت ہوگئی کہ ایک گیا نہیں کہ دوسرا آ گیا۔ پھر بعض دفعہ تو تین تین کاریگر بیک وقت کام میں مصروف رہے۔ رات کو دُکان بڑھا کر حساب کیا تو ہر ایک کے حصّے میں تقریباً چار چار روپے آئے تیسرے روز پھر مندا رہا۔ مگر چوتھے روز پھر گاہکوں کی گہما گہمی دیکھ کر چاروں کو یقین ہوگیا کہ دُکان قطعی طور پر چل نکلی ہے۔

یہ لوگ اس اجنبی شہر میں اکیلے ہی آئے تھے۔ لہٰذا رات کو فرش پر بستر جما دُکان ہی میں پڑ رہتے ایک چھوٹی سی انگیٹھی، ایک کیتلی اور دو تین روغنی پیچ پیالیاں خرید لیں۔ صبح کو دکان ہی میں چائے بناتے اور ناشتہ کرتے۔ دوپہر کو تنور سے وہ ایک قسم کے سالن اور روٹیاں لے آتے اور چاروں مل کر پیٹ بھر لیتے۔

دکان کو قائم ہوئے ابھی آٹھ دن ہی ہوئے تھے کہ ایک دن سہ پہر کو ایک ادھیڑ عمر دُبلا پتلا شریف

صورت آدمی دُکان میں داخل ہوا۔ اس کے کپڑے میلے تھے مگر پھٹے ہوئے نہ تھے۔ سر پر اس وضع کی پگڑی جیسے منشی لوگ باندھا کرتے ہیں، پاؤں میں نری کا جوتا۔ ڈاڑھی بڑھی ہوئی۔ یہ فیصلہ کرنا مشکل تھا کہ اس میں سفید بال زیادہ ہیں یا کالے۔ ایک گھٹیا درجہ کی عینک لگائے تھا جس کی ایک کمانی ٹوٹی ہوئی تھی اور اسے دھاگے سے جوڑ رکھا تھا۔ ان لوگوں نے اسے کرسی پر بیٹھنے کو کہا۔ پہلے تو وہ جھجکا مگر پھر بیٹھ گیا۔

ایک حجام نے پوچھا۔ "شیو؟"

اُس نے کہا۔ "نہیں"

"بال؟"

"نہیں"

"اور پھر کیا چاہتے ہو؟" اُستاد نے پوچھا

"مہربانی کرکے میرے ناخن کاٹ دو" اس نے کہا

ناخن کٹوانے کے بعد بھی وہ شخص وہیں بیٹھا رہا۔ آخر جب ان لوگوں نے بار بار اس کی طرف سوالیہ نظروں سے دیکھا تو اس نے کہنا شروع کیا:۔

"صاحب میں ایک غریب مہاجر ہوں۔ میں اپنے وطن میں ایک بنئے کا منشی تھا اس کے ہاں راشن کارڈوں کی پرچیاں لکھا کرتا تھا اور حساب کتاب کا کام بھی کیا کرتا تھا وطن چھوٹا تو یہ روزگار بھی چھوٹ گیا۔ اس شہر میں کئی دن سے بیکار پھر رہا ہوں۔ کئی جگہ نوکری کی تلاش میں گیا۔ مگر ہر جگہ پہلے ہی سے منشی موجود تھے۔ اگر آپ مجھے کوئی کام دلوا دیں تو عمر بھر احسان نہ بھولوں گا میں اس بیکاری سے ایسا تنگ آگیا ہوں کہ جو کام بھی آپ مجھے بتائیں گے۔ دل و جان سے کروں گا۔ حساب کتاب کے کام کے علاوہ میں کھانا پکانا بھی جانتا ہوں۔"

اُس کی بات سن کر یہ لوگ تھوڑی دیر خاموش رہے۔ اور آنکھوں ہی آنکھوں میں ایک دوسرے سے

صلاح مشورہ کرتے رہے۔ آخر استاد نے زبان کھولی:

"دیکھو میاں ہم خود مہاجر ہیں اور نیا نیا کام شروع کیا ہے۔ تنخواہ تو ہم تم کو دینے کے نہیں۔ ہاں کھانا دونوں وقت ہمارے ساتھ کھاؤ۔ بلکہ خود ہی پکاؤ۔ کیونکہ تم ہمارے بھائی ہو۔ بس تھوڑا سا اپنا دُکان کو جھاڑ پونچھ دیا کرنا۔ پھر جب کہیں تمہارا کام بن جائے تو شوق سے چلے جانا۔ ہم روکیں گے نہیں۔"

اس شخص نے بڑی خوشی سے اُن کی یہ شرط منظور کر لی۔ شکریہ ادا کیا۔ اور وہیں رہ پڑا۔

دوسرے دن بازار سے ایلومینیم کی ایک دیگچی اور کچھ اور برتن خریدے گئے اور دکان میں ہنڈیا پکنے کا سامان ہونے لگا۔ مگر پہلے ہی روز ان پر یہ بات ظاہر ہو گئی کہ یہ شخص کھانا پکانا کچھ واجبی ہی جانتا ہے۔ تاہم اُسے نکالا نہیں گیا۔ جھاڑنے پونچھنے میں وہ کافی چست تھا۔ بازار سے سودا بھی دوڑ کر لے آتا تھا۔ سچ یہ کہ ایک شخص جو آٹھ پہر غلامی کرنے کو تیار تھا۔ خط پتر لکھ سکتا تھا۔ حساب کتاب جانتا تھا۔ آقاؤں سے ادب سے پیش آتا تھا دو وقت کی روٹی پر کچھ مہنگا نہ تھا۔

یوں ہی دن گزرتے گئے۔ یہاں تک کہ دکان کھلے دو مہینے ہو گئے۔ اس عرصے میں دکان نے خاصی ترقی کر لی تھی۔ ان لوگوں نے اس کے لئے کچھ نیا فرنیچر بھی خرید لیا تھا۔ شمبو کے لئے بین وغیرہ بھی لگوا لیا تھا۔ اور تھوڑی تھوڑی رقم ہر ایک نے بچا بھی لی تھی۔

تیسرا مہینہ ابھی آدھا ہی گزرا تھا کہ ایک دن صبح ہی صبح استاد کو اپنے بیوی بچوں کی یاد بے طرح ستانے لگی۔ دوپہر ہوتے ہوتے وہ ٹھنڈے ٹھنڈے سانس لینے لگا۔ تیسرے پہر اس کی اداسی اور بھی بڑھ گئی۔ شام ہونے سے پہلے ہی اس نے اپنے ساتھیوں سے چار دن کی چھٹی لی اور بیوی بچوں کو لے آنے کیلئے روانہ ہو گیا۔ جو کوئی دو سو میل دور کسی شہر میں اپنے کسی رشتہ دار کے دروازے پر ناخواندہ مہمان بنے پڑے تھے۔

استاد نے چار دن میں لوٹ آنے کا پکا وعدہ کیا تھا اور بڑی بڑی قسمیں کھائی تھیں۔ مگر ایسی

میں پورے پندرہ دن لگ گئے۔ بیوی بچّوں کو تو اسٹیشن کے مسافر خانے ہی میں چھوڑا۔ اور خود دکان پر پہنچا۔ اس نے اپنے ساتھیوں کو بیماریوں کی ایک طویل داستان سنائی جن میں اس کی بیوی اور چار بچے مبتلا تھے۔ اور وہ تکلیفیں بھی بیان کیں جو بیوی بچوں کو یہاں تک لانے میں اُسے اٹھانی پڑیں آخر میں اس نے خرچ کی تنگی کا ذکر کیا اور روپیہ قرض مانگا۔

یہ بات تو ظاہر ہی تھی کہ جتنے روز استاد نے دکان میں کام نہیں کیا تھا۔ اتنے روز کی آمدنی میں اس کا کوئی حصّہ نہ تھا۔ اور پھر ایک کاریگر کے کم ہو جانے سے آمدنی بھی نسبتاً کم ہی ہوئی تھی۔ آخر کچھ تو بزرگی کا لحاظ کرتے ہوئے اور کچھ مروت کی وجہ سے اس کے ساتھیوں نے اُسے یہ بات نہ جتائی بلکہ ہر ایک نے اپنی اپنی جیب سے پانچ پانچ روپے نکال کر اس کے حوالے کر دیئے۔ پندرہ روپے استاد کی ضرورتوں کے مقابلے میں بہت ہی کم تھے۔ مگر وہ چپ چاپ یہ رقم لے کر چلا گیا۔

دوسرے دن سے پھر چاروں آدمی کام کرنے لگے۔ اب تک تو ان کا یہ قاعدہ رہا تھا کہ گاہکوں سے اُجرتیں لے لے کر اپنے پاس ہی جمع کرتے رہتے۔ اور رات کو دکان بڑھاتے وقت ساری رقم اکٹھی کر کے آپس میں برابر برابر تقسیم کر لیتے۔ دکان کے رکھ رکھاؤ۔ ٹوٹ پھوٹ اور اپنے اور نوکر کے کھانے پینے پر جو رقم خرچ ہوتی۔ اس میں وہ چاروں برابر کے ساجھی تھے۔ مگر استاد نے دوسرے ہی دن باتوں باتوں میں اپنے ساتھیوں سے کہہ دیا کہ بھئی میں بیوی بچوں والا ہوں۔ پردیس کا معاملہ ہے ان کو اکیلا کیسے چھوڑ سکتا ہوں۔ اس لئے رات کو میں اُن کے پاس سویا کروں گا دوسرے یہ کہ کھانا بھی میں ان کے ساتھ ہی کھایا کروں گا۔ آج سے تم کھانے پینے کے خرچ میں سے میرا نام نکال دو۔۔۔ اور بھائیو یہ کیسے ہو سکتا ہے کہ میں ادھر تو تمہارے ساتھ خرچ کروں اور ادھر گھر پر بھی۔

اس کے ساتھی یہ بات سن کر خاموش ہو رہے۔ اب استاد دوپہر کو کھانا کھانے گھر چلا جاتا۔ جو اُس نے قریب ہی کہیں لے لیا تھا۔ دو گھنٹے بعد لوٹتا رات کو بھی وہ جلد ہی دکان بڑھوا، اپنا

حصہ لے چلتا بنتا۔

کوئی ہفتہ بھر تک یہی سلسلہ رہا۔ مگر اس کے بعد استاد کے تینوں ساتھیوں کے طور ایک دم بدل سے گئے اب وہ اکثر آپس میں کھسر پھسر کرتے اور چپکے چپکے استاد کی حرکات و سکنات کو غور سے دیکھتے رہتے۔ خصوصاً اس وقت جب حجامت کے بعد استاد گاہک سے اُجرت وصول کرتا۔ وہ کن انکھیوں سے دیکھتے رہتے کہ استاد پیسے کس جیب میں ڈالتا ہے۔

ایک رات جب استاد دکان سے رخصت ہوا۔ تو اس کے تینوں ساجھی دیر تک جاگتے اور آپس میں باتیں کرتے رہے۔ اُنہیں اُستاد کے خلاف کئی شکایتیں تھیں۔ جنہیں وہ اب تک بڑے صبر سے درگزر کرتے رہے تھے۔ مگر اب جب انھوں نے اپنی آنکھوں سے دیکھ لیا کہ استاد روپے پیسے کے معاملے میں بھی کھرا نہیں ہے تو وہ صبر نہ کر سکے۔ انھوں نے استاد کی اس دھوکہ بازی کی روک تھام کے لئے بہت سی تجویزیں سوچیں۔ مگر کسی پر دل نہ جما۔ آخر بڑی رات گئے، ایک ترکیب اُن کے ذہن میں آئی۔ اور وہ اطمینان سے سو گئے۔

دوسرے دن جب استاد دکان پر آیا تو ان تینوں نے آپس میں لڑنا جھگڑنا شروع کر دیا ان میں سے ایک نے دوسرے سے کہا:۔

"میں نے خود اپنی ان گنا ہگار آنکھوں سے دیکھا ہے کہ رات تم نے گاہک سے چونی لے کر اپنی پتلون کی جیب میں ڈال لی۔ حالانکہ سارے پیسے تم اپنی قمیص کی جیب میں ڈالا کرتے ہو۔"

دوسرے نے کہا "تم بکتے ہو۔ تم خود بچے بے ایمان ہو۔ پرسوں گاہک نے تمہیں ایک دونی اور دو اکنیاں دی تھیں۔ ایک دونی اور ایک اکنی تو تم نے جیب میں ڈال لی اور ایک اکنی چالاکی سے انگلیوں کے بیچ ہی میں دبائے رکھی"۔

اس پر تیسرے نے کہا "ارے میاں لڑتے جھگڑتے کیوں ہو۔ جو ہوا اُس کو تو کرو معاف۔ آئندہ

کے لئے میں تمہیں ایک ترکیب بتاتا ہوں کہ ہم میں سے کوئی چاہے بھی تو اس قسم کا دھوکا نہیں کر سکے گا۔ وہ یہ کہ دروازے کے قریب میز کرسی ڈال دو۔ کرسی پر تو منشی کو بٹھا دو اور میز پر ایک صندوقچی رکھ دو جس کے ڈھکنے میں سوراخ ہو۔ بس گاہک حجامت کے پیسے اس صندوقچی میں خود ہی ڈال دیا کرے۔ ہم میں سے کوئی خود ایک پائی بھی وصول نہ کرے۔ منشی مفت میں روٹیاں بٹورا کرتا ہے۔ اس سے یہ کام کیوں نہ لیا جائے۔ یہ اس بات کا بھی دھیان رکھے گا کہ کوئی شخص بغیر اُجرت دیے نہ چلا جائے۔ یا کھوٹے سکے نہ دے دے۔ پھر چاہو تو منشی ساتھ ساتھ کاپی میں رقمیں بھی لکھتا جائے گا۔ آخر کس لئے رکھا ہے اس کو!"

اس پر پہلے نے کہا" بہت ٹھیک۔ مجھے منظور ہے لیکن یہ نہیں مانے گا بے ایمانی جو ٹھہری جی میں۔"

اس پر دوسرے نے بھنا کر کہا" کیوں میں کیوں نہ مانوں گا۔ اچھا ہے، ایسا ہو جائے۔ جھوٹ سچ آپ ظاہر ہو جائے گا۔"

تیسرے نے اُستاد سے پوچھا" کیوں استاد تمہاری کیا رائے ہے؟"

استاد کچھ نہ کہہ سکا۔ نہ اس تجویز کے حق میں نہ اس کے خلاف اس نے خاموش ہی رہنے میں مصلحت سمجھی۔

دوسرے ہی دن سے اس تجویز پر عملدرآمد شروع ہو گیا۔ ہر روز رات کو دن بھر کی آمدنی کا باقاعدہ حساب ہوتا۔ اور اس میں سے ہر ایک کو پُورا پورا حصّہ ملتا۔ چار دن نہ گزرنے پائے تھے کہ اس میں اتنی ترمیم اور کر دی گئی۔ کہ آمدنی کا حصّہ بخرا روز کے بجائے ہفتہ کے ہفتہ کیا جائے۔ اس طرح ہر شخص کو معقول رقم مل سکے گی۔ ہر روز جو تھوڑے پیسے ملتے ہیں ان سے تو کسی کی بھی پوری نہیں پڑتی۔ ہاں اگر ہفتہ ختم ہونے سے پہلے ہی کسی ساجھے دار کو کچھ رقم کی ضرورت پڑ جائے تو وہ منشی سے

پرچی لکھوا کر پیشگی لے سکتا ہے۔

استاد نے اس کی بھی نہ مخالفت کی نہ موافقت۔ وہ خاموش ہی رہا۔

مگر استاد اپنی خاموشی کو زیادہ دن تک قائم نہ رکھ سکا۔ ایک دن وہ صبح ہی صبح دکان پر پہنچا اور تھوڑے پر استرے کی دھار کو گھستے ہوئے ایک دم اپنے ساتھیوں پر برس پڑا:

"بس جی بس۔ میں تم لوگوں کے ساتھ کام نہیں کر سکتا۔ انصاف کا تو آج کل زمانہ ہی نہیں ہے۔ تم نے گدھے اور گھوڑے کو برابر سمجھ لیا ہے۔ تم میں سے نہ تو کوئی میرے جتنا پرانا کاریگر ہے۔ اور نہ ہنرمند کی ڈاڑھی مونڈنے میں میرا ہاتھ ایسا ہلکا ہے کہ ہر شخص مجھی سے ڈاڑھی منڈانا چاہتا ہے۔ میں ایسے کئی آدمیوں کو جانتا ہوں کہ جب میں کام میں مصروف ہوتا ہوں۔ تو وہ دکان میں آتے ہی نہیں۔ بلکہ ادھر ہی باہر ٹہلتے رہتے ہیں کہ کہیں دوسرے سے ڈاڑھی نہ منڈانی پڑ جائے۔ پھر جہاں مجھے خالی ہوتے دیکھتے ہیں۔ لپک کر میری کرسی پر آ بیٹھتے ہیں۔ منشی اس بات کا گواہ ہے کہ میری کا روز کی کمائی تم لوگوں سے کہیں زیادہ ہوتی ہے۔ اب تم ہی انصاف کرو کہ جب میں ہنر میں بھی تم سے بڑھ کر ہوں اور گاہک بھی زیادہ میرے ہی پاس آئیں۔ کام بھی زیادہ میں ہی کروں۔ کمائی بھی زیادہ میری ہی ہو۔ تو پھر اس کی کیا وجہ کہ مجھے بھی اتنا ہی ملے جتنا تم سب کو ملتا ہے۔ بہتر یہ ہے کہ تم لوگ میرا حصہ مجھے دے دو اور دکان خود سنبھال لو۔ اگر یہ نہیں تو کام کے لحاظ سے ہر ایک کی تنخواہ مقرر کر دو۔ آمدنی میں سے تنخواہیں نکال کر جتنی رقم بچے گی۔ وہ ہم چاروں آپس میں برابر برابر بانٹ لیا کریں گے۔ اگر تم کو یہ بات منظور ہو تو اس سے اچھی اور کوئی بات نہیں۔ ورنہ صاحب ایسی دکان اور ایسی ساجھے داری کو میرا دور ہی سے سلام۔ بندہ کہیں اور قسمت آزمائے گا۔ جتنے پیسے مجھے یہاں ملتے ہیں اس سے زیادہ تو میں آنکھ بند کر کے جس سیلون میں چلا جاؤں۔ لے سکتا ہوں۔"

استاد کی یہ تقریر اس کے تینوں ساجھیوں نے بہت غور اور توجہ سے سنی اس میں کچھ باتیں

ٹھیک بھی تھیں۔ مثلاً ہنرمندی میں استاد واقعی ان تینوں سے کہیں بڑھ کر تھا۔ مگر اس کا یہ مطلب تھوڑا ہی تھا کہ وہ ساجھے داری میں اپنی ہنرمندی کا ناجائز دباؤ ڈالے۔ جب ساجھا ہی ٹھہرا تو ہنر کی کون پرواکرتا ہے، ساجھا ایک کنبہ کی طرح ہے جس میں کمانے والے فرد اپنی اپنی بساط کے مطابق کنبہ کی پرورش کرتے ہیں۔ کم و بیش کمانے والوں یا نہ کمانے والوں میں کسی قسم کی تفریق نہیں کی جاتی اور یہ استاد کی حد درجہ کم ظرفی ہے کہ وہ زیادہ ہنرمند اور کم ہنرمند کا سوال اٹھا کر ساجھے میں تفریق پیدا کرنا چاہتا ہے۔

استاد کے دکان سے قطع تعلق کر لینے کا مطلب بھی وہ خوب سمجھتے تھے۔ اس کا مطلب تھا ایک بھاری رقم بطور معاوضہ استاد کو دینا اور یہ رقم ان کے پاس نہ تھی۔ دوسری صورت یہ تھی کہ یہ تینوں دکان سے علیحدہ ہو جاتے۔ مگر علیحدہ ہو کر جاتے تو کہاں جاتے۔ نہ کام ہی میں ایسی مہارت تھی کہ دوسری جگہ آسانی سے نوکری مل سکتی اور نہ سر چھپانے ہی کا کوئی ٹھکانا تھا۔ لہذا گلے شکوے تو انھوں نے بہت کئے مگر انجام کار انہوں نے استاد کی تنخواہوں والی شرط مان ہی لی تنخواہیں مقرر کرنے کے مسئلے نے خاصا طول کھینچا۔ آخر بحث و تمحیص کے بعد یہ طے پایا کہ استاد کو تو ڈیڑھ سو روپے ماہوار ملے اور اس سے نچلے کاریگر کو ایک سو بیس تیسرے کو سو اور چوتھے کو اسی۔ ساتھ ہی یہ بھی قرار پایا کہ تنخواہوں کا حساب مہینے کے مہینے ہوا کرے۔

استاد دل میں بہت خوش تھا کہ بالآخر اس نے اپنا تفوق اپنے ساتھیوں پر قائم کر لیا۔ ادھر اس کے ساتھی کچھ دن پژمردہ رہے۔ مگر پھر مہینے کے بعد ایک معقول رقم ہاتھ آنے کے خیال نے رفتہ رفتہ ان کا غم دور کر دیا۔ اور وہ بڑی بے تابی سے مہینہ کے ختم ہونے کا انتظار کرنے لگے۔

خدا خدا کر کے جب مہینہ ختم ہوا اور تنخواہ کا دن آیا تو یہ دیکھ کر ان چاروں حجاموں کی حیرانی اور مایوسی کی کوئی حد نہ رہی کہ پچھلے مہینے دکان سے جو آمدنی ہوئی تھی۔ اس میں سے ان کی آدھی آدھی تنخواہیں

بھی نہیں نکلتی تھیں۔ ان لوگوں کو سب سے زیادہ اچنبھا اس بات پر ہوا کہ دکان پہلے سے زیادہ ترقی پر تھی۔ گاہک بھی پہلے سے زیادہ آ رہے تھے۔ مگر اس کے باوجود انھیں جو رقم ملی اس کا یومیہ ابتدائی دنوں کے یومیے سے بھی کم تھا۔ منشی کے کھاتے کی جانچ پڑتال کی گئی۔ مگر اس نے پائی پائی کا حساب بتا دیا۔ ہر شخص کی روز کی کمائی۔ چاروں کی روز کی کمائی۔ ہفتے کی کمائی۔ مہینے کی کمائی۔ الگ الگ بھی اور مشترکہ بھی۔ پورا چٹھا کھول کر رکھ دیا۔ کیا مجال جو کوئی شخص اس کے حساب میں غلطی نکال سکے۔

قاعدہ ہے کہ روپیہ باہر سے آنے والا ہو۔ یا بندھی ہوئی تنخواہ ہو تو انسان خواہ مخواہ اپنا خرچ بڑھا لیتا ہے۔ یا اس کے بھروسے پر قرض لے لیتا ہے۔ ان میں سے دو حجام، ایک استاد اور ایک اور اسی امید پر محلے کے بعض دکانداروں کے مقروض ہو گئے۔ قرض خواہ کے تقاضے کا ڈر تو تھا ہی۔ آئندہ قرض کا دروازہ بند ہو جانے کا بھی احتمال تھا۔

اس روز رات کو جب وہ دکان بڑھانے لگے تو حد درجہ دل شکستہ اور مایوس نظر آتے تھے۔ سب سے زیادہ مسکین پن منشی کے چہرے سے ٹپک رہا تھا ہر چند اس کی کوئی تنخواہ مقرر نہ تھی۔ پھر بھی اپنے آقاؤں کی اس مصیبت میں وہ برابر کا شریک نظر آتا تھا۔ وہ آہستہ آہستہ قدم اٹھاتا ان کے قریب آیا اور درد میں ڈوبی ہوئی آواز میں جھجک جھجک کر کہنے لگا:

"آپ لوگوں نے میرے ساتھ جو بھلائی کی ہے میں عمر بھر اسے نہیں بھول سکتا آج آپ کو پریشان دیکھ کر میرا دل بے حد کڑھتا ہے۔ اب میں آپ کو سچی بات بتاتا ہوں۔ وہ بات یہ ہے کہ جب میں اپنے وطن میں بنیئے کے ہاں نوکر تھا تو ہر مہینے تنگی ترشی کر کے اپنی تنخواہ میں سے کچھ روپے بچا لیا کرتا تھا۔ چند مہینوں میں خاصی پونجی جمع ہو گئی وطن سے چلتے وقت ساتھ لیتا آیا۔ اور یہاں ڈاک خانے میں جمع کرا دی۔ تاکہ آڑے وقت میرے کام آئے ...... مگر اب آپ کو پریشان دیکھ کر دل نے گوارا نہ کیا کہ میرے پاس روپیہ ہو اور میں اسے اپنے بھائیوں سے چھپائے رکھوں۔ ...۔ اگر آپ کہیں تو کل میں

ڈاک خانے سے اپنا روپیہ نکال لاؤں۔ آپ اسے کام میں لائیے۔ جب دُکان کی آمدنی بڑھ جائے تو مجھے لوٹا دینا۔ میں کوئی نفع نہیں لوں گا۔"

"تمہارے پاس کتنے روپے ہیں؟" حجاموں نے پوچھا۔ کچھ تامل کے بعد منشی نے دھیرے سے کہا "سو روپے!"

دوسرے دن منشی ڈاک خانہ سے سو روپے نکال لایا۔ اور ان سے الگ الگ رسیدلے کر وہ رقم ان میں تقسیم کردی۔ اس طرح ان کی پریشانیاں کسی قدر دور ہوگئیں۔ مگر اگلے مہینے دُکان میں اس سے بھی کم آمدنی ہوئی۔ اب تو یہ لوگ بہت ہی گھبرائے۔ منشی نے بڑی چھان بین کے بعد آمدنی کے کم ہونے کی یہ وجہ دریافت کی کہ چونکہ چوک کے دوسرے ہیر کٹنگ سیلونوں نے بھی ان کی دیکھا دیکھی یا مندے کی وجہ سے اپنے ہاں کی اُجرتیں کم کردی ہیں اس لئے وہ گاہک جو محض کفایت کے خیال سے ان کے ہاں لپک آئے تھے۔ اب ان سب سیلونوں میں بٹ گئے ہیں۔

ان لوگوں نے منشی کی بات کا کچھ یقین کیا کچھ نہ کیا۔ بہرحال وہ اس سے زیادہ اور کر بھی کیا سکتے تھے۔ چونکہ منشی اب کے اپنے ایک بھائی سے سو روپے قرض لے آیا تھا۔ اس لئے ان لوگوں کو زیادہ پریشانی نہ اُٹھانی پڑی۔ تیسرے مہینے صورت حال کچھ کچھ سُدھر گئی۔ اور اُنھوں نے کسی قدر اطمینان کا سانس لیا۔ مگر چوتھے مہینے آمدنی ایک دم پھر کم ہوگئی۔ اس پر ستم یہ ہوا کہ اس دفعہ منشی نے ان کی امداد کرنے سے بالکل معذوری ظاہر کردی۔ اس نے کہا:

"بھائیو۔ اگر میرے پاس روپیہ ہوتا۔ یا میں کہیں سے لا سکتا۔ تو میں آپکے قدموں میں نچھاور کردیتا۔ لیکن میرے پاس جو کچھ تھا۔ میں پہلے ہی آپ کی نذر کر چکا ہوں۔"

اس روز تو اُنھوں نے زیادہ اصرار نہ کیا۔ مگر دوسرے دن صبح ہوتے ہی حجاموں کے چاروں نے پھر منشی کو آگھیرا۔ جب ان کی خوشامدوں اور التجاؤں کی حد نہ رہی تو منشی نے کہا۔ "اچھا بھائیو۔ شام

تک صبر کرو۔"

شام ہوئی تو وہ چاروں حجاموں سے یوں مخاطب ہوا:

"صاحبو۔ مجھے ایسا معلوم ہوتا ہے کہ اس دکان کی حالت کبھی نہیں سدھرے گی اس کی وجہ یہ ہے کہ آپ لوگوں نے اپنی اپنی جو تنخواہیں مقرر کر رکھی ہیں۔ آمدنی سے کہیں زیادہ ہیں۔ اگر آپ چاہتے ہیں کہ دکان چلے اور آپ کی پریشانیاں دور ہوں تو سب سے پہلے آپ اپنی اصلاح کیجئے۔ میرا مطلب یہ ہے کہ آپ سب اپنے اپنے اخراجات کو کم کیجئے۔ اور دوسرے یہ کہ آپ اپنی اتنی ہی تنخواہیں مقرر کیجئے۔ جتنی عام طور پر اس قسم کے سیلونوں میں ملازموں کو دی جاتی ہیں۔ اگر آپ میری تجویز کی ہوئی تنخواہ منظور کریں تو میں آپ کو یقین دلاتا ہوں۔ بلکہ اس بات کا ٹھیکہ لیتا ہوں کہ ہر مہینے آپ کو پوری تنخواہ ملا کرے گی۔ میں تو یہاں تک کہتا ہوں کہ اگر آپ میرے کہنے پر چلیں تو آپ کو ہر مہینے کی پہلی کو پیشگی ہی تنخواہ مل جایا کرے گی۔ یہ روپیہ کہاں سے آئے گا اس سے آپ کو مطلب نہیں۔ چاہے میں چوری کروں۔ ڈاکہ ڈالوں۔ مگر آپ کو تنخواہ پیشگی ہی ملتی رہے گی۔ آپ نے میرے ساتھ ایسی بھلائی کی ہے کہ میں عمر بھر بھول نہیں سکتا۔ اور بھائیو اگر آپ کو یہ شرط منظور نہ ہو تو آپ جانیں اور آپ کا کام۔ میں آپ کے لئے روپے کا بندوبست نہیں کر سکتا۔"

چند لمحے خاموشی رہی۔ اس کے بعد استاد نے منشی سے پوچھا:

"اچھا بتاؤ تو تم ہماری کیا کیا تنخواہیں مقرر کرتے ہو؟"

منشی نے جواب دیا۔ "گستاخی معاف۔ میں زیادہ سے زیادہ آپ کو اسّی روپے دے سکتا ہوں۔ دوسرے نمبر والے کو ساٹھ۔ تیسرے کو پچاس اور چوتھے کو چالیس۔ اگر آپ لوگ یہ تنخواہیں منظور کریں تو میں ابھی جا کر، چاہے مجھے دُگنے تگنے سود پر قرض ہی لینا پڑے آپ سب کے لئے دو سو تیس روپے بطور پیشگی تنخواہ کے لے آتا ہوں۔ اور وعدہ کرتا ہوں کہ ہر مہینے اسی طرح

آپ کو پیشگی تنخواہ ملا کرے گی۔ یاد رکھو میرے دوستو۔ یہ تنخواہیں کسی بڑے ہیر کٹنگ سیلون کے ملازموں کی تنخواہوں سے کم نہیں ہیں۔ آپ لوگ جا کر خود دریافت کر سکتے ہیں۔ البتہ اپنے ملازموں کو پیشگی تنخواہ دینا صرف اسی سیلون کی خصوصیت ہوگی۔ ۔ ۔ ۔"

منشی کی یہ تقریر سن کر چاروں حجام گم سم سے رہ گئے۔ اور کسی نے اس کی بات کا جواب نہ دیا مگر یہ خاموشی بڑی صبر آزما تھی۔ انھوں نے بے بسی سے ایک دوسرے کی طرف دیکھا۔ اور پھر گردنیں جھکا لیں +

دو تماشے

مرزا برجیس قدر کو میں ایک عرصے سے جانتا تھا۔ ہر چند ہماری طبیعتوں اور ہماری سماجی حیثیتوں میں بڑا فرق تھا۔ پھر بھی ہم دونوں دوست تھے مرزا کا تعلق ایک ایسے گھرانے سے تھا جو کسی زمانے میں بہت معزز اور متمول سمجھا جاتا تھا مگر اب اس کی حالت اُس پُرانے تناور درخت کی سی ہو گئی تھی جو اندر ہی اندر کھوکھلا ہوتا چلا جاتا ہے۔ اور آخر ایک دن اچانک زمین پر آ رہتا ہے۔

مرزا کو اپنے خاندان کے اس زوال کا پورا احساس تھا مگر اس کو روکنا اس کے بس کی بات نہ تھی۔ البتہ جہاں تک ظاہری رکھ رکھاؤ کا تعلق تھا مرزا اس میں ذرا سی کوتاہی بھی نہ ہونے دیتا تھا۔ اُس کے دل میں نہ جانے کیوں یہ خیال بیٹھ گیا تھا کہ خاندان کا وقار قائم رکھنے کے لئے درشت مزاجی اور تحکم لازمی ہیں۔ اس خیال نے اسے سخت دل بنا دیا تھا مگر یہ درشتی اور سختی اوپر ہی اوپر تھی اندر سے مرزا بڑا نرم تھا اور یہی ہماری دوستی کی بنا تھی۔

ایک دن سہ پہر کو میں اور مرزا برجیس قدر انارکلی میں اس کی شاندار موٹر میں بیٹھے ایک مشہور جوتے والے کی دُکان سے سلیم شاہی جوتا خرید رہے تھے۔ مرزا نے اپنا ٹھاٹھ دکھلانے کے لئے یہ ضروری سمجھا تھا کہ وہ موٹر میں بیٹھے بیٹھے دُکان کے مالک کو پکارے اور جوتے اپنی موٹر ہی میں ملاحظہ کرے۔ شہر میں ابھی مرزا کی ساکھ قائم تھی۔ اور دکاندار عام طور پر اس کی ان اداؤں کو سہنے کے عادی تھے۔ چنانچہ جوتے والے

نے اپنے دو کارندے مرزا کی خدمت پر مامور کر دیئے۔

مگر مرزا کو کوئی جوتا پسند نہیں آرہا تھا۔ اور وہ بار بار ناک بھوں چڑھا کر ان کارندوں کو سخت د سُست کہہ رہا تھا۔ مجھے ایسا محسوس ہوا جیسے مرزا کو دراصل جوتے کی ضرورت ہی نہیں، اور یہ جھوٹ موٹ کی خریداری محض بھرم رکھنے کے لئے ہے۔

مین اس وقت ایک بڈھا بھکاری ایک پانچ سالہ لڑکی کے کندھے پر ہاتھ رکھے مرزا کی موٹر کے پاس آکھڑا ہوا۔ یہ بڈھا اندھا تھا۔ لڑکی کے بالوں میں تنکے اُلجھے ہوئے تھے، معلوم ہوتا تھا مدت سے کنگھی نہیں کی گئی۔ دونوں کے تن پر چیتھڑے لگے تھے۔

"اندھے پر ترس کھاؤ رے بابا!" بڈھے نے ہانک لگائی۔

"بالوجی میں بھوکی ہوں پیسہ دو۔" لڑکی نے لجاجت سے کہا۔

مرزا نے ان لوگوں کی طرف توجہ نہ کی۔ وہ بدستور جوتوں پر تنقید کرتا رہا اندھے فقیر اور لڑکی نے اپنا سوال دہرایا۔ اس پر مرزا نے ایک غلط انداز نگاہ ان پر ڈالی۔ اور کہا:

"معاف کرو۔ معاف کرو۔"

بھکاری اب بھی نہ ٹلے۔

"بالوجی رات سے کچھ نہیں کھایا ہے۔" اندھے نے کہا۔

"بابوجی بڑی بھوک لگ رہی ہے۔ پیٹ میں کچھ نہیں ہے۔ لو دیکھو۔" بچی نے کہا۔ اور جھٹ میلا کچیلا کرتا اٹھا اپنا پیٹ دکھانے لگی۔ لاغری سے بچی کی پسلیاں باہر نکلی ہوئی تھیں اور گنی جا سکتی تھیں۔ "بس ایک پیسے کے چنے بابوجی۔"

مرزا کو اس لڑکی کا میلا میلا پیٹ دیکھ کر گھِن سی آئی۔

"توبہ توبہ" اس نے بیزاری کے لہجہ میں کہا۔ "بھیک مانگنے کے لئے کیا کیا ڈھونگ رچائے جاتے ہیں۔"

جاؤ جاؤ بابا خدا کے لئے معاف کرو"۔

مگر فقیر اب بھی نہ گئے۔ قریب تھا کہ مرزا غصے سے بھنا جاتا۔ مگر یہ تماشہ اس طرح ختم ہو گیا کہ مرزا کو اس دکاندار کا کوئی جوتا پسند نہ آیا۔ اور وہ اپنی موٹر کو وہاں سے بڑھا لے گیا۔

اس واقعہ کے چند روز بعد میں اور مرزا برجیس قدر شہر کے ایک بڑے سنیما میں ایک دیسی فلم دیکھ رہے تھے۔ فلم بہت گھٹیا تھی۔ اس میں بڑے نقص تھے۔ مگر ہیروئن میں بڑی چٹک مٹک تھی اور وہ گاتی بھی خوب تھی۔ اس نے فلم کے بہت سے عیوب پر پردہ ڈال دیا تھا۔ کہانی بڑی دقیانوسی تھی۔ اس میں ایک واقعہ یہ بھی تھا کہ بنک کے ایک چپراسی کو اس الزام میں کہ اس نے بنک لوٹنے میں چوروں کی مدد کی، پانچ سال قید کی سزا ہو جاتی ہے۔ اس چپراسی کی بیوی مر چکی ہے۔ مگر اس کا ایک چار سالہ بیٹا ہے جو اپنی بوڑھی دادی کے پاس رہتا ہے۔ چپراسی کے قید ہو جانے پر یہ دادی پوتا بھوکوں مرنے لگتے ہیں۔ ادھر کوٹھری کا کرایہ نہ ملنے پر مالک مکان انہیں گھر سے نکال دیتا ہے۔ بڑھیا پوتے کا ہاتھ پکڑ بازار میں بھیک مانگنے لگتی ہے۔ وہ ہر راہ گیر سے کہتی ہے:

"بابو جی، ہم بھوکے ہیں"۔

"ایک پیسے کے چنے دو۔ بابو جی" لڑکا کہتا۔

جب فلم اس مقام پر پہنچی۔ تو مرزا برجیس قدر نے اندھیرے میں مجھ سے کہا:

"بھیا ذرا اپنا رومال تو دینا۔ نہ جانے میرا کہاں گیا"۔

میں نے اپنا رومال دے دیا۔

جب تک تماشہ ہوتا رہا۔ میں نے مرزا کو سخت بے چین دیکھا۔ وہ بار بار کرسی پر پہلو بدلتا اور ہاتھ چہرے تک لے جاتا۔ خدا خدا کر کے فلم ختم ہوئی تو میں نے دیکھا کہ وہ جلدی جلدی اپنی آنکھیں پونچھ رہا ہے۔

"ایں! مرزا صاحب" میرے منہ سے بے اختیار نکلا "آپ رو رہے تھے؟"

"نہیں تو۔" مرزا نے بھرائی ہوئی آواز میں جھوٹ بولتے ہوئے کہا:

"سگرٹ کے دھوئیں سے آنکھوں سے پانی بہنے لگا تھا ..... ار ہبھی میں یہ سوچ رہا تھا کہ سرکار ایسے دردناک فلم دکھانے کی اجازت کیوں دیتی ہے۔"

باسمے والا

یہ علاقہ سرکاری فائلوں میں تو محض "گورنمنٹ کوارٹرز بلاک" کہلاتا تھا مگر یہاں کے ساکنوں نے بڑی جد و جہد کے بعد ایک ضمنی نام بھی سرکار سے منظور کرا لیا تھا اور وہ تھا "گلستاں کالونی"۔ یہ لوگ خود تو اپنے خطوں کی پیشانی پر خوش خطی سے "گلستاں کالونی" لکھتے ہی تھے۔ رشتہ داروں اور دوستوں کو تاکید تھی کہ وہ بھی خط لکھتے یہی پتہ تحریر کریں۔ پھر بھی کبھی کبھی کوئی تانگہ والا شرارت یا انجان پن سے اس علاقے کو "بابو کالونی" کے نام سے پکار بیٹھتا تو اس کی جہالت پر یہ لوگ جھنجھلا کر ہی رہ جاتے۔

"گلستاں کالونی" میں صرف اُن ہی سرکاری ملازموں کو کوارٹر دیے جاتے تھے جن کی تنخواہ ڈھائی سو سے ساڑھے چار سو تک ہوتی۔ اس گریڈ میں عموماً دفتروں کے سپرنٹنڈنٹ، اسسٹنٹ انچارج، اکاؤنٹنٹ، آڈیٹر، سینیر اسٹینوگرافر، اور سینیر اور اسی قبیل کے دوسرے ملازمین آتے تھے۔ تھے تو یہ بھی کلرک ہی مگر ذرا نفیس قسم کے۔ جیسے کلرکی کو دو آتشہ یا سہ آتشہ کر دیا گیا ہو۔ ان کی حالت عام کلرکوں سے کہیں بہتر تھی اور وہ اپنی نسبتاً آسودہ حالی اور اپنے منصب کے باعث اپنے ہم چشموں میں خاصی عزت اور وقعت کی نظر سے دیکھے جاتے تھے۔

اس علاقے کا نقشہ کچھ اس قسم کا تھا کہ کوئی نصف میل کے پھیلاؤ میں چار پانچ سڑکیں تھوڑے تھوڑے فاصلہ پر شرقاً غرباً ایک دوسرے کے متوازی چلتی تھیں۔ اور چار پانچ سڑکیں تھوڑے تھوڑے فاصلہ پر شمالاً جنوباً چل کر انھیں کاٹتی تھیں۔ سب کوارٹر یک منزلہ اور ایک ہی وضع کے تھے۔

نہ چھوٹے نہ بڑے آگے ننھا سا باغیچہ۔ اس کے بعد دو تین سیڑھیاں، پھر برآمدہ، برآمدے کے ساتھ ملے ہوئے دو کمرے، پیچھے آنگن، باورچی خانہ۔ توشہ خانہ وغیرہ۔ یہ کوارٹر ایک دوسرے کے عین سامنے تھے بیچ میں صرف بیس فٹ کی سڑک تھی، چنانچہ اگر گھر کی مالکہ اپنی آزاد خیالی کی وجہ سے حجاب کی زیادہ قائل نہ ہوتی یا اپنے پھوہڑپن کی وجہ سے ذرا بھی غفلت برتتی تو اس کے سامنے والی ہمسائی بڑے مزے سے اس کے ہر قسم کے اعمال و افعال کا مشاہدہ کر سکتی تھی۔

گلستاں کالونی کسی ایک فرقے کے لئے مخصوص نہ تھی بلکہ اس میں ہندو مسلمان، سکھ، عیسائی سب ہی رہتے تھے۔ پھر زبانیں بھی یہاں بھانت بھانت کی بولی جاتی تھیں، جن میں اردو، انگریزی، بنگالی، مدراسی اور پنجابی کو زیادہ دخل تھا۔ البتہ ایک بات اس کالونی کے سب رہنے والوں میں مشترک تھی اور وہ تھی آرٹ اور فنون لطیفہ کی سرپرستی۔ ریڈیو سے تو کوئی گھر خالی ہی نہ تھا چنانچہ دن کو بارہ بجے جب فرمائشی پروگرام چل رہا ہوتا۔ ایسے میں اگر کوئی یہاں آتا تو وہ ایک پورا فلمی گانا بغیر تسلسل ٹوٹے گھوم پھر کر سن سکتا تھا۔ اس کالونی کے باشندے متمدن سمجھے جانے کے بہت متمنی تھے۔ تنگی ترشی میں گزر کرتے مگر ظاہری ٹھاٹھ میں فرق نہ آنے دیتے۔ ہر گھر میں صبح کو پابندی کے ساتھ ڈبل روٹی، مکھن اور اخبار آتا۔ اخبار کا صاحب خانہ بے چینی سے منتظر رہتا۔ جب باری باری اور سب لوگ دیکھ چکتے تو آخر میں گھر کے بڑے بوڑھے کوارٹر کے باہر کرسی یا مونڈھا ڈال بیٹھ جاتے اور اخبار کو عینک کے قریب لا لا کر گھنٹوں اس کے مطالعے میں غرق رہتے۔

یوں تو اس کالونی میں مصوری اور بت تراشی کا بھی خاصا چرچا تھا، مگر لوگ سب سے زیادہ گانے بجانے کے رسیلے تھے۔ ریڈیو پر موسیقی کے پروگرام تو ذوق و شوق سے سنے ہی جاتے تھے۔ کبھی کبھی ان کوارٹروں میں میوزک پارٹیاں بھی منعقد ہوتیں جن میں شہر کے مشہور گانے والوں کو بلوایا جاتا۔ اس طرح ایک تو موسیقی کی سرپرستی ہوتی۔ دوسرے مقامی جوہر کو ان کاملانِ فن کو دیکھنے اور سیکھنے کا موقع ملتا کئی گھروں میں لڑکیوں کی تعلیم کے لئے میوزک ماسٹر رکھے گئے تھے۔ صبح کو جیسے ہی مرد ناشتہ سے فارغ ہو کر دفتروں کی راہ لیتے۔ انکے

گھروں سے گھنگروؤں کی جھنک کے ساتھ ساتھ بوڑھے کتھک کی گمبھیر آواز "تاتھئی تھئی۔ تاتھئی تھئی" سنائی دینے لگتی۔

اس علاقے کی چہل پہل خاص طور پر شام کو دیکھنے کے قابل ہوتی جب مرد دفتروں سے آچکے ہوتے اور برآمدے میں اپنے اہل و عیال کے ساتھ بیٹھ کر چائے پینے یا کسی مہمان کی تواضع میں مصروف نظر آتے جس کی پرانی، عموماً کالے رنگ کی، چھوٹی موٹر گھر کے دروازے کے عین سامنے کھڑی ہوتی یا جب یہاں کی نوخیز لڑکیاں اور جوان عورتیں نئے نئے سنگار کئے نئی نئی تراش کے لباس پہنے اس نواح کی سڑکوں پر جھرمٹوں کی صورت مصروف خرام ہوتیں ایسے میں اگر کوئی ناواقف آدمی ادھر آنکلتا تو وہ ان لڑکیوں کو تکتا کا تکتا ہی رہ جاتا۔

گلستاں کالونی کی ان سرگرمیوں کو عام طور پر استحسان کی نظروں سے دیکھا جاتا اور خود وہاں کے باشندے بھی اپنی روشن خیالی اور آزادہ روی پر مسرور معلوم ہوتے تھے۔ البتہ اس علاقے کا ایک طبقہ ایسا تھا جس کو کالونی والوں کی ان تمدنی ترقیوں سے کوئی دلچسپی نہ تھی۔ بلکہ وہ چپکے چپکے ان باتوں پر سخت تنقید کرتا تھا۔ یہ اس علاقے کے وہ بڑے بوڑھے تھے جو نوکری اور ہر قسم کے کام کاج سے سبکدوش ہو کر اپنا آخری وقت اپنے بیٹوں کی کمائی کے سہارے گزار رہے تھے۔ گھر کے معاملات میں ان کا کوئی دخل نہیں رہا تھا۔ اگر وہ کوئی بات معاشرے کی اس نئی روش کی برائی میں کہتے تو گھر کے سب چھوٹے بڑے اسے دقیانوسی کہہ کر مذاق میں اڑا دیتے اور ان کے لئے اس کے سوا چارہ نہ رہتا کہ جب تک گھر پر رہیں اپنی آنکھیں اور کان بند رکھیں اور کھانے پینے یا اخبار پڑھنے کے علاوہ کسی کام سے سروکار نہ رکھیں۔

گھر پر تو ان بڈھوں کا بس نہ چلتا۔ البتہ ہر روز تیسرے پہر وہ کالونی کے ایک چوک میں بڑی شان سے اپنی منڈلی جمایا کرتے۔ گرمیوں میں اس جگہ چھڑکاؤ کر کے آٹھ دس مونڈھے بچھا دیئے جاتے۔ جن پر یہ بڑے بوڑھے بیٹھ کر دو تین گھنٹے خوب خوب دل کی بھڑاس نکالتے۔ زمانے کی نئی روشنی کے خلاف عورتوں کی بڑھتی ہوئی آزادی کے خلاف، اپنے بیٹوں کی بے راہ روی کے خلاف، بے پردگی کے خلاف، فنون لطیفہ کی

آرٹ میں جن بے حیائیوں کو روا رکھا جاتا ہے ان کے خلاف، زن و مرد کے بے محابا اختلاط کے خلاف، ناچ گانے اور خصوصاً فلمی گانوں کے خلاف۔ لطف یہ کہ جب اس طرح وہ اپنے دل کا بوجھ ہلکا کر کے گھر پہنچتے تو ان میں سے کسی کی پیاری پوتی جس کی عمر سات سال ہوتی اپنے ماں باپ اور ان کے احباب کی پُر شفقت اور پُر تحسین نظروں کے سامنے کولھے مٹکا مٹکا کر گا رہی ہوتی "ناچو ناچو پیارے من کے مور" اور یہ بڑے میاں چپکے سے اپنے کمرے میں جا کر اندر سے دروازہ بند کر لیتے۔

گلستان کالونی کی چہل پہل میں اضافہ کرنے میں ایک اور ہستی کا بھی بڑا دخل تھا اور یہ تھا باجے والا۔ باجے والا بیس بائیس برس کا ایک نوجوان تھا۔ گندمی رنگ۔ ناک نقشہ بُرا نہیں تھا۔ اسے دیکھ کر یہ بتانا مشکل تھا کہ وہ کس صوبے کا رہنے والا ہے۔ وہ خود کو بمبئی کا باشندہ بتلاتا تھا مگر اس کے شین قاف کی درستی کہے دیتی تھی کہ اس کا تعلق ملک کے جنوبی حصے سے نہیں۔ بلکہ شمالی حصے سے ہے اپنی وضع قطع اور لباس سے وہ سرکس کے مسخروں سے ملتا جلتا تھا۔ کبھی سیاہ ٹیل کوٹ اور سیاہ ٹاپ ہیٹ کبھی شب خوابی کا رنگ دار دھاریوں والا کرتہ پاجامہ اور سر پر تنکوں کی بنی ہوئی انگریزی ٹوپی۔ کبھی بنگالی فلم ایکٹروں کے تتبع میں کھدر کا لمبا کرتہ اور لہراتی ہوئی دھوتی۔ کبھی شکاریوں کی طرح برجس ڈاٹے ہوئے۔ کبھی کبھی ٹاپ ہیٹ کی جگہ سرخ ترکی ٹوپی لے لیتی۔ چہرے پر ایکٹروں کی طرح گاڑھا گاڑھا میک اپ کیا ہوا۔ آنکھوں میں کاجل، ہونٹوں پر لپ سٹک اس کے ساتھ باریک باریک مونچھیں، وہ جو لباس بھی پہنتا ایسا بے ہنگم ہوتا کہ دیکھ کر بے اختیار ہنسی آ جاتی۔ اس نے اپنی سائیکل کا حلیہ بھی بگاڑ رکھا تھا اور اس کے ہینڈل اور مڈگارڈوں پر رنگدار کاغذ کی بنی ہوئی پھنبھیریاں لگا رکھی تھیں جو ہوا سے آپ ہی آپ گھومتی رہتیں۔ گلے میں ایک چھوٹا سا بکس ڈال رکھا تھا جس میں طرح طرح کی ٹافیاں، چوسنے والی گولیاں، زنگترے کی پھانکیں اور میٹھی سونف کی پڑیاں ہوتیں۔ علاوہ ازیں وہ فلمی ایکٹروں کے فوٹو اور فلمی گانے کی کتابیں بھی بیچا کرتا تھا۔ ایک ہاتھ ہینڈل پر دوسرے ہاتھ میں ایک بڑا سا کالے رنگ کا بھونپو۔ اس کو منہ سے لگا کر جس وقت وہ "باجے والا باجے والا"

کی آواز لگاتا، تو گھروں میں ہلچل سی مچ جاتی۔ بچے پیسوں کے لئے مچلنا شروع کر دیتے اور وہ تیر کی طرح بامبے والا کے پاس پہنچ جاتے۔

"بامبے والا" کے الفاظ وہ اس طرح لہک لہک کر ادا کرتا کہ وہ ایک نغمے کی طرح معلوم ہوتے جس میں کئی اُترے چڑھے سُر لگتے۔ اس کا یہ گانا اس کی آمد کا اعلان ہوتا۔

دل کا نیک تھا۔ بچوں کو ان کے دام سے کچھ زیادہ ہی مٹھائیاں دے دیا کرتا۔ کبھی کسی بچے کے پاس پیسہ نہ ہوتا تو مفت ہی ایک آدھ چوسنے والی گولی دے دیتا۔ وہ "بامبے والا" کی الاپ کے علاوہ اور بھی بہت سے گانے گایا کرتا۔ یہ فلموں کے چلنتر گانے ہوتے جن میں پریم اور پریمی، بھونرے، اور پپیہے کا ذکر ایسے پُرسوز طریقے پر ہوتا کہ انہیں سن کر بلوغت کو پہنچنے والی لڑکیوں کے دل کی دھڑکن تیز ہو جاتی۔ اور وہ اپنے چھوٹے بھائیوں یا بہنوں کو آنہ یا ٹکا دے کر میٹھی سونف منگوایا کرتیں۔

اس کی آواز ایسی مدھر تھی کہ جب وہ کوئی فلمی گانا گاتا تو لوگ اس کے مسخرے پن کو بھول کر گانے پر جھوم سے اٹھتے۔ اس کی یہ آواز اس کے کاروبار کی کامیابی کا سب سے بڑا ذریعہ تھی۔ عورتوں کو گھورنا یا ان پر آوازے کسنا اس کی عادت نہ تھی یہ اور بات ہے کہ آواز گانے کے پردے میں بہت کچھ کہہ جاتی۔

وہ اس کالونی میں ہفتے میں ایک آدھ بار ہی آیا کرتا۔ یہی وجہ تھی کہ اس کے آتے ہی بچے بڑے جوش و خروش سے اس کے خیر مقدم کے لئے دوڑتے۔ بچے جس قدر اس سے خوش تھے۔ ان کے ماں باپ اتنا ہی اس سے بیزار۔ کیونکہ اس کے آنے پر انھیں بچوں کی ضد پوری کرنی پڑتی تھی۔ خواہ جیب میں پیسہ ہو یا نہ ہو اور ان بڑے بوڑھوں کی ناراضگی کا تو پوچھنا ہی کیا۔ انھیں اس کے مسخروں کے سے لباس اور عاشقانہ گیتوں سے سخت چڑ تھی۔ کیونکہ ان کے خیال کے مطابق ان گانوں سے شرفا کی بہو بیٹیوں کا اخلاق بگڑتا تھا۔ اگر ان بڈھوں کا بس چلتا تو وہ اسے پولس کے حوالے کر کے حوالات میں بند کرا دیتے مگر جب تک اس سے کوئی مجرمانہ حرکت سرزد نہ ہو ایسا ممکن نہ تھا۔ یہی وجہ تھی کہ ان بڑے بوڑھوں کو گھر

کی طرح اس معاملے میں بھی صبر ہی سے کام لینا پڑتا تھا۔

آخر ایک دن ایسا آیا جب ان کے صبر کا پیمانہ سچ مچ لبریز ہو گیا۔ اور اُدھر وہ لوگ بھی جو عورتوں کی آزادی کے بڑے حامی تھے سوچ میں پڑ گئے کہ کہیں ہمیں تو غلطی پر نہیں ہیں۔

ہوا یہ کہ اس کالونی میں ایک بنگالی بابو رہتا تھا۔ بڑا خوش خلق اور شریف طبع کالونی میں اس کا بڑا مان تھا۔ وہ کسی دفتر میں سپرنٹنڈنٹ تھا۔ اس کی دو بیٹیاں تھیں۔ میرا اور سبیتا میرا کی عمر تیرہ برس اور سبیتا کی چودہ برس۔ وہ کاٹھیاواڑ کے ایک کتھک سے ناچ سیکھا کرتی تھیں۔ اس کتھک کی عمر کوئی تیس بتیس سال کی تھی۔ حد درجہ کا چرب زبان، اس جواں عمری ہی میں گھاٹ گھاٹ کا پانی پی چکا تھا۔ ایک دن دوپہر کو وہ کسی تماشے کے پاس لے کر آیا اور ان لڑکیوں کو تماشہ دیکھنے پر اکسایا۔ بنگالی بابو دفتر میں تھا۔ لڑکیوں نے ماں سے اصرار کر کے اجازت لے لی۔ اس کے بعد وہ دونوں لڑکیاں اور کاٹھیاواڑی کتھک ایسے غائب ہوئے کہ نہ جانے زمین نگل گئی یا آسمان کھا گیا۔

بعض لوگ کہتے کہ دونوں بہنیں ایکٹرس بننے کے شوق میں بمبئی بھاگ گئیں بعض کہتے نہیں اسی شہر کے ایک سیٹھ کے قبضے میں ہیں جس نے انھیں تالوں میں بند کر رکھا ہے۔ یہ کتھک بھی اسی سیٹھ کا سکھایا پڑھایا تھا غرض جتنے مُنہ اتنی ہی باتیں۔ تھانے میں رپٹ لکھوا دی گئی تھی۔ مگر ابھی تک کسی کا کھوج نہیں ملا تھا۔

جس دن یہ واقعہ پیش آیا کالونی میں ایک تہلکہ سا مچ گیا۔ کالونی والوں کے چہرے اُتر سے گئے جیسے کوئی موت واقع ہو گئی ہو۔ ریڈیو پر فلمی گانے سننے بند کر دئیے گئے۔ اور ایک سوگ کا سا سماں بندھ گیا۔ کالونی کے ایک کالستھ کی بیٹی ایک ستار یئے سے ستار سیکھا کرتی تھی۔ کالستھ نے اسی دن اسے برطرف کر دیا۔ یہ واقعہ تھا تو بہت افسوس ناک مگر ان بڈھے بوڑھوں کے حق میں تائید غیبی ثابت ہوا۔ کالونی میں یک لخت ان کا وقار بڑھ گیا۔ یہ بڈھے جو پہلے سر ڈالے سائے کی طرح چپکے سے گلی کوچوں سے گذر جاتے

تھے اب انہیں راستوں پر کھنکارتے زور زور سے لاٹھی ٹیکتے، سر اُٹھا اُٹھا کر چلنے لگے وہ اپنے بیٹوں کو کھری کھری سنانے اور اس نئی تہذیب کی خوب خوب دھجیاں اڑاتے۔ برسوں سے اس کے خلاف دلوں میں جو نفرت کا طوفان اُمنڈ رہا تھا۔ وہ ایکدم پھوٹ پڑا۔ اب ان کے خود سر بیٹوں کے لئے اس کے سوا چارہ نہ تھا کہ خاموشی سے سنتے رہیں اور سر جھکا لیں۔

جس دن یہ واقعہ پیش آیا تھا اُس دن سے بڈھوں کی اس منڈلی میں بڑا جوش و خروش نظر آنے لگا تھا، یہ لوگ بلند آواز سے اس پر حاشیہ آرائی کرتے اور جلے دل کے پھپھولے پھوڑتے۔ ان کے لئے یہ ماجرا روز کا ایک مستقل موضوع بن گیا تھا۔

"دید جی" مونڈھے پر بیٹھے ہوئے ایک بڑے میاں نے اپنے ساتھ والے بڈھے سے خطاب کیا۔ اگر ایسا ہی ایک واقعہ اور ہو جائے تو میں مسلمان لڑکیوں کی طرح اپنی پوتیوں کو برقع پہنانا شروع کر دوں گا۔"

اس پر منڈلی میں ایک فرمائشی قہقہہ پڑا۔

"گپتا جی بھی کمال کرتے ہیں۔" ایک سفید ریش مقطع صورت بزرگ گویا ہوتے۔ بد شرافت کوئی برقع ہی میں تھوڑی ہے۔ یہ تو دل میں ہونی چاہیئے۔"

"سچ کہتے ہو خان صاحب۔" ایک اور پیر مرد نے تائید کی اور خان صاحب نے آنکھوں ہی آنکھوں میں ان بزرگ کا شکریہ ادا کیا۔ خان صاحب کی بہو پردہ نہیں کرتی تھی اور جوان بیٹیاں بھی بے نقاب ہی کالج جاتی تھیں۔

منڈلی میں یہ باتیں ہو ہی رہی تھیں کہ اچانک "بامبے والا" کی آواز سنائی دی۔ کالونی کی اس اُداس اور سوگ بھری خاموشی میں یہ آواز ایسی معلوم ہوتی جیسے قبرستان میں کوئی بدمست شرابی آگھسے اور ہنکارنا شروع کر دے۔

بڈھوں نے معنی خیز نظروں سے ایک دوسرے کی طرف دیکھا پھر بخشی جی، جو تھے تو ساٹھ کے پیٹے

میں مگر جزانوں کا سادم خم رکھتے تھے مونڈھے سے اُٹھے اور باہمے والا کو اپنی طرف آنے کا اشارہ کیا۔

"کیا بیچتے ہو تم؟" بخشی جی نے غصہ بھری آواز میں پوچھا۔

باہمے والا متعجب سا ہو کر مسکرانے کی کوشش کرنے لگا۔

"میں پوچھتا ہوں کیا بیچتے ہو تم؟" بخشی جی نے پہلے سے زیادہ غصے میں کہا۔

"ٹانی۔ چوسنے والی گولیاں، میٹھی سونف" باہمے والا نے بدستور مسکرانے کی کوشش کرتے ہوئے کہا۔

"لاؤ۔ دکھاؤ"

اس نے بائسکل کو اسٹینڈ پر کھڑا کر دیا اور گلے میں پڑا ہوا بکس کھول کر سب چیزوں کا ایک ایک نمونہ دکھانے لگا۔

"بے ایمان کہیں کا" بخشی جی اچانک ہی برس پڑے "یہ ٹانی تو گڑ کی ہے بچوں کو ٹھگنے کے لئے یہ چار سو بیس!"

باہمے والا کچھ پریشان سا نظر آیا مگر مسکراتے ہوئے ادب سے بولا:

"حضور اول تو یہ درست نہیں کہ یہ ٹانی گڑ کی ہے۔ دوسرے یہ چیزیں میں خود تھوڑا ہی بناتا ہوں۔ یہ تو کمپنی کا مال ہے۔ میں بنا بنایا مال لاتا ہوں۔"

اس اثنا میں تین چار بوڑھے اور منڈلی سے اُٹھ کر باہمے والا کے پاس پہنچ گئے اور اس کو گھیر کر کھڑے ہو گئے۔

"کیا ٹر ٹر لگاتی ہے"۔ یہ کہتے ہی گپتا جی نے آؤ دیکھا نہ تاؤ زور کا ایک چانٹا باہمے والے کے منہ پر جڑ دیا۔ "ایک تو چوری اوپر سے کمپنی کا رعب جماتا ہے لے اور لے۔"

گپتا جی پہل کر چکے تھے۔ پھر کیا تھا۔ چاروں طرف سے باہمے والا پر بے بھاؤ کی پڑنے لگیں۔ ادھر اس کا یہ حال کہ ہر تھپڑ یا چانٹے پر وہ پہلے سے زیادہ ہکا بکا ہو کر اپنے مارنے والے کا منہ تکنے لگتا۔

اس کی ٹاپ ہیٹ اچھل کر زمین پر آ رہی تھی۔ اس کے گالوں پر انگلیوں کے نشان پڑ گئے تھے گالوں اور ہونٹوں کی سرخی میں کاجل کی سیاہی مل گئی تھی اس کے کپڑے پھٹ گئے تھے۔ ایک بزرگ نے اس کے ٹیل کوٹ کی ٹیل نوچ ڈالی تھی، اس کا مٹھائیوں والا بکس کھل گیا تھا۔ اور ٹافیاں، چاکلیٹ ٹکڑے کی پھانکیں، میٹھی سونف کی پڑیاں زمین پر آ رہی تھیں فلمی ایکٹروں کی تصویریں، گانوں کی کتابیں، فلمی پریوں کی داستانیں زمین پر بکھری پڑی تھیں۔

"حرام زادہ۔ سؤر کا بچہ بڑا ایکٹر بنا پھرتا ہے۔ بدمعاش . . . . جا اب تو چھوڑ دیا۔ پھر کبھی ادھر رُخ نہ کیجو۔" اور بڑے بوڑھوں نے خود ہی تھک کر اس کا پیچھا چھوڑ دیا۔ اور ہانپتے ہوئے آ کر پھر اپنی منڈلی میں آ براجے۔

باجے والا مظلومی کی تصویر بنا دیر تک زمین پر بیٹھا مٹھائیاں، تصویریں اور کتابیں اُٹھاتا اور جھاڑ جھاڑ کر اپنے بکس میں رکھتا رہا کبھی کبھی وہ ان بوڑھے بابوؤں پر بھی ایک نظر ڈال لیتا۔ آخر وہ زمین سے اٹھا گلے میں مٹھائیوں کا بکس ڈالا۔ اور آہستہ آہستہ قدم اُٹھاتا اُس طرف گیا جہاں سائیکل کھڑی تھی۔ پھر سائیکل پر بیٹھ خاموشی سے اس نواح سے رخصت ہو گیا۔

اس مار پیٹ سے اس کا جسم درد کرتا تھا۔ اُسے بے عزتی کا بھی بہت غم تھا مگر اس کی سمجھ میں یہ بات نہ آتی تھی کہ کس جرم کی پاداش میں یہ سزا دی گئی ہے۔

اس کے بعد گلستان کالونی میں باجے والا کی آواز پھر کبھی نہ سنائی دی۔

منتخب یادگار افسانوں کا ایک اور مجموعہ

تنکے کا سہارا

مصنف : غلام عباس

بین الاقوامی ایڈیشن جلد منظر عام پر آرہا ہے